石原吉郎

寂滅の人

勢古浩爾

言視舍

まえがき

かつて、石原吉郎という秋霜烈日の詩人がいた。

清冽な詩を書き、深重な散文を残した。

だが、いまではもう石原吉郎を知る人は少ないだろう。忘れられたのも無理はない。石原が亡くなったのは一九七七（昭和五十二）年。もう三十六年も昔のことだからだ。

けれども、わたしはいまでも「石原吉郎」という名を聞くと、心のどこかが反応する。ちょっと、せつなくなる。昔愛した自分の半身を思い出すかのように、である。

石原吉郎の後半生を決定づけたのは、シベリアの抑留体験である。敗戦後、関東軍の通信隊に勤務していた石原はシベリアに抑留された。強制収容所（ラーゲリ）で八年間、過酷な労働を強いられた。飢餓に苦しめられた。人間として、体験すべきことではないことを体験し、見るべきではないものを見た。自分の中から人間のクズが現れ、それもまた自分（人間）なのだと思い知らされた。

帰国後、抑留体験に材をとった詩を書き始め、世に知られるようになった。おなじく、苛烈な散文も書いた。それぞれは『サンチョ・パンサの帰郷』という詩集と『望郷と海』という散文集に結実した。それゆえか、わたしは知らなかったのだが、石原吉郎はときに「日本のフランクル」と呼ばれ、『望郷と海』は「日本の『夜と霧』」といわれているようだ。

が、もちろん、ふたりはちがう。フランクルはアウシュヴィッツの絶望のなかにあっても、人間への信頼を失わなかった。自分を開き、人生への希望を語った。自分を追いつめなかった。石原はラーゲリのなかで人間に絶望した。苦行僧のような顔をして自分という存在に拘泥しつづけた。自分の新生を願ったが、すべての試みは潰えた。石原吉郎はついに帰国後の生を、いまだ解放されざる囚人のように生きつづけたのである。

わたしが『望郷と海』を読んだのは二十代の後半のころだった。きっかけが何だったのかは思い出せない。タイトルに魅かれたのだったか。いきなり心をわしづかみにされた。「ここにおれとおなじような人間がいる」と思ったのだった。むろん、時代がちがう。出自がちがう。年齢がちがう。体験の質と量がちがう。が、孤独が似、自己愛と自己嫌悪が似、人間への反感が似、痛々しさが似ている、と思われたのだ。

わたしは俗だった(いまでも、だが)。会社生活は如才なくこなし、友人たちとは破顔して付き合った。見栄も体裁も欲望もあった。しかし他方で、自分をもてあましていた。いまにして思えば天性の「関係(自分)の病」とでもいうべき痼疾だったのだろうが、もう地上にあることが不快でならない、いっそ暗黒の宇宙の一点にまで上昇し、体の内部から爆発して木っ端微塵に四散したい、と妄想したりした。人間の関係に「まこと」を求めて、求めきれなかったのだろう。

石原吉郎の本はすべて読んだ。詩も、短歌も、わからないまま読んだ。散文が熾烈だった。石原がひっそりと書きつづけた「ノート」群が身にこたえた。まるでわたしに向けて書かれたのではないか、と見まがうように。ときおり、石原はへんなヤツだ、という噂が聞えてきた。泥酔して周囲にからんだり、奇態な振る舞いが多いということだった。そんな奇矯な行為はラーゲリにいたときからあったのである。石原は人間を問いつめ、自分を問いつめて、自ら破れた、というほかはない。

石原は文筆のかたわら、海外電力調査会という機関でロシア語文献の翻訳の仕事をし、六十二歳で亡くなるまで同会に勤務した（そこに訪ねていった石原ファンがけっこういたらしい）。当時わたしの友人だったNが、自分の親戚（おじさんだったか）がそこに勤めていて石原さんを知っているようだから、紹介してもらおうか、といってくれた。

わたしは心が動いたが、いや、いいよと断った。会ってもらえるとは思えなかったし、もし会えたとしても、じっと黙ったまま睨（にら）まれでもしたらどうすればいいのだ、と怖気（おじけ）づいたのである（そうでなくても、わたしは人から好かれないのに）。こんな臆病なところが、わたしの悪いところであり、いいところだ。

わたしには文学的素養などまったくなかった。文章修業などしたこともなかった。日記はほとんどつけたことがなく、手紙を書くこともなかった。しかし、わたしは石原吉郎についてなにか書きたいと思ったのだった。そう思ったとき、石原はすでに過去の人だった。だがわたしにとって石原吉郎は、その存在の意味において、ずっと現在の人のままだった。暗いわたし自身は、石原が死んでも、まだ生きていたからである。

時々、「自分」という存在になんの屈託もなく満足しきっているガハハの人を羨ましく思うことがある。そんな即自的な人間だったら、人間関係も、生きていくことも、どんなに楽だったことか、と。そんな幸福な人間は世にゴマンといる。が、その反面、ばかじゃねえのか、とも思う。よくもそんな「自分」に満足できたもんだな、と。

しかし、もうしかたがない。この恥多き性格がわたしなら、わたしはそのわたし自身を生きるほかなかったからである。わたしは純粋に石原吉郎論を書き始めた。ただ自分だけのために。たぶん、自分の屈託と和解するために。そのときすでに、四十代の半ばだったはずである。まったく、なにをするにしても、いつも人より十年遅いのだった。

石原吉郎——寂滅の人＊目次

石原吉郎

——寂滅の人

▼第一章

喪失　あるいは私

ひとりの少年。

幼児の頃から極度な存在不安に脅かされつづける少年。時おりしずかな夜などに、わっと大声で喚き出したいようなはげしい不安にわしづかみにされる。もえつきて行くローソクの芯のように、みるみる自分が細って行くような心細さに捉えられる。

（「一九五六年から一九五八年までのノートから」）

特異、だと思われる。自分という不安。資質というほかはない。

詩に熱中しはじめる少年。

小学校三年の時はじめて詩のようなものを書いて、同級生の前で読まされて以来、散文よりも詩の方を好んで来たように思う。（……）中学四年のとき、初めて藤村の『若菜集』を読んだ時は、一週間ほど熱に浮かされたような気持ちだった。

（「私の詩歴——『サンチョ・パンサの帰郷まで』」）

自分にたいする徹底した嫌悪と徹底した執着だけが筋金入りだった少年。だがかれは自分をかぎりなく愛したわけではなかった。

私は、自分の少年の頃から、どのように自分を嫌悪したか分からない（それにもかかわらず、自分自身にかぎりなく執着した）。

（「一九五六年から一九五八年までのノートから」）

やがて将来の自分の運命を見透かすかのように、寂滅するヒロイズムを想いえがくようになる少年。

かつて、まだ少年期を脱したばかりの頃、私は貧窮にやせ細った姿で一人ルターの注解を読みつづける一人の青年を、自分の未来の理想像として熱っぽく想い描いた時期がある。それがいわば私のヒロイズムであった。

（「一九五九年から一九六二年までのノートから」）

大正四（一九一五）年、伊豆のとある村に生をうけたこの繊細で早熟な少年が、青年になるまでにはなお数年が必要だ。そして少年期の資性をそのまま青年期にもちこしたさらにその数年後、戦争が、かつて同級生の前で詩を読まされたこの「少年」を満州へ連れていく。終戦時、さらに遠くシベリア奥地の強制収容所へ、かつて「貧窮にやせ細った姿で一人ルターの注解を読みつづける」ことを夢見た「少年」は拉し去られる。

一時間に十分ずつ、作業現場で許される休憩のほとんどを、私は河のほとりへ座ったまま無言ですごした。

（「海への思想」）

そして抑留から八年後、「少年」は故国へ帰還する。

奇妙な帰還

石原吉郎が故国へむけてナホトカを出港したのは、昭和二十八（一九五三）年の十一月三十日である。翌十二月一日、かれは季節はずれの帰還者として舞鶴港に上陸した。昭和二十（一九四五）年十二月中旬、ハルピン市内でロシア軍に捕らわれて以来、まる八年におよぶシベリア抑留からの帰還であった。

ハルピンの関東軍情報部配属（翌年、召集解除により、満州電々調査局勤務）のために日本を離れた昭和十六（一九四一）年七月下旬にまで遡って数えるなら、帰国までにじつに十二年四ヵ月を閲したことになる。二十六歳で出征した若き石原吉郎は舞鶴港埠頭に降りたったときすでに三十八歳を数えた。

聞き飽きた言辞を弄するなら、石原吉郎の真の戦後はこの帰還した日から始まった、ということができる。しかしほんとうをいえば石原の戦後がどこから始まろうとそんなことはどうでもよいことだ。たしかに外部的な戦後の時間は、帰還後の石原吉郎の周囲を流れた。いや、むしろ戦後日本の放埒（ほうらつ）な時間は、いまだ身体がらみになっている石原のシベリア的な時間を翻弄したといってもよいのであって、その落差の眩暈（げんうん）を石原にとっての戦後といえばいえる。

けれども一切の負債の精算を終了し、いや、放置したままであろうと、あるいは引きずったままであろうとも、なにがしかの「獲得」が開始されはじめる過程としての戦後という考えからすれば、故国や親族や風景や自由といった原初的なものの「獲得」としてすらはじまらなかった（と考えるほかない）石原の十二年ぶりの帰還は、とても戦後と呼ぶに値しない。もしそのようにいいたければ、むしろ石原の真の〈抑留〉がこの日からはじまったというべきなのだ。

*

シベリアから一般抑留者（捕虜）の一部引き揚げが開始されたのは敗戦翌年（昭和二十一年）からである。その後シベリア民主化運動の波をもろにかぶった抑留者の引き揚げが行われはじめると、〈事件〉としての帰還者たちはつぎのようなかたちで世間の耳目をひきつけた。

「天皇島に敵前上陸！」「代々木（日本共産党本部）の旗の下に集まれ」「日本の共産主義革命達成に全力を」などのスローガンを掲げた、いわゆる「赤旗梯団」が舞鶴に入港したのは二十四年六月二十七日で、この年の第一船であった。この年四十四隻がナホトカから舞鶴に入港しているが、騒動がまったくなかったのは十一隻で他の三十三隻では徹底した〝筋金入り〟ぶりを見せている。

（御田重宝『シベリア抑留』）

御田はさらにその〝筋金入り〟ぶりについてこのように書いている。「（急進化した帰還者たちは……注）特別仕立ての復員列車に乗ったが、停車の度にホームで労働歌を歌い乱舞した。家族には目もくれず、引き戻そうとする母親を振り払い、物の怪につかれたようにデモった」。「京都駅で特別列車から下車し、大規模なデモを行い、座り込みに入った。マスコミはこの行動を逐一報道したが、その論調をみるとある種の戸惑いがみられる。当局はついに警官隊を導入して座り込みを解散させた」。「東北方面に帰国する六百人余」は「東京駅で下車し、公会堂を占拠して二晩明かした。（……）〝闘士〟たちは政府官庁、工場の前で渦巻きデモを行い、ソ連大使館を訪問して『ソ同盟の温情ある抑留』に感謝した」。あるいは「舞鶴で支給された復員手当の中から日本共産党にカンパし、日本共産党もこれらを〝熱烈歓迎〟した。共産党への集団入党もこの時の出来事である」。このような事態にたいして「日本共産党の機関紙『アカハタ』以外の日刊紙は、あまりな〝筋金入り〟引き揚げ者の行動に次第に懐疑的な目を向けるようになり、筆をそろえて批判した」。

一般抑留者（捕虜）の引き揚げは一九五〇（昭和二十五）年四月二十二日の『信濃丸』の入港で完了したが、さすがにこの頃になると上記のような騒動は鳴りをひそめ、逆に「日の丸組」の方が優勢になったらしい。スターリン死去による恩赦によって長期抑留者（「戦犯」）の送還が開始されるのは、一般抑留者（捕虜）の引き揚げ完了からおよそ三年半後の一九五三（昭和二十八）年の十一月三十日からである。石原吉郎の帰還はこの再開第一回目にあたっている（ちなみに、すべての送還が完了するのは、それからさらに三年後の一九五六［昭和三十一］年十二月二十六日。後出の内村剛介や、あの瀬島龍三は、この最終組である）。

＊

石原吉郎の帰還は静かであった。報道の扱いが、ではない。三年半ぶりの、しかも長期抑留者の引き揚げであってみれば報道はむろん色めき立った。石原の自編年譜にも「日本海を南下の途中、新聞社機の歓迎に会う」「日本のラジオが興安丸の現在位置を告げるのを聞く」「新聞記者、カメラマンなど続々と乗船」「早朝から各種団体の訪問を受け疲労」といった記述がみられる。

だがそういう歓迎ぶりとは無関係に石原吉郎の帰還は静かであった。おなじ年譜のなかに「駅頭で日共党員が『諸君を待つものは、飢餓と失業だけである』と演説し、激昂した帰還者の手で袋だたきにされる」とあるが、石原にこのような「激昂」はなかった。かつての民主化運動の闘士のような〝筋金入り〟の政治意識もなく、さりとてその対極の「日の丸組」に加担しうるような民族意識もなかった。総じて石原には一切の集団意志、一切の共同意識が稀薄であった。忌避したといってもよい。

石原吉郎は帰国した翌日、舞鶴の引揚収容所の売店で堀辰雄の『風立ちぬ』とニーチェの『反時代的考察』の文庫本を購入している。十二年ぶりに帰国したその翌日に、しかもあろうことか

「本」を買うという行為に、わたしは感嘆した。そんなものなのか、と思った。

いったいこれはどういう行為なのだろうか。石原はいきなり凝縮した。十二年の歳月が刻みつけられた身体を、ほんのかすかな刺激にも反応することを惧れるかのように急に内側に丸めこんだ。帰還した翌日に「本」を買うというこの行為は、帰還という事態を自分ひとりの内部に括りこもうとする象徴的行為である。もしかしたら石原は、すでにシベリアにあったときから抑留という事態を自分ひとりに括りこんでいたのではなかったか、とさえ思わせるようなエピソードだといってもよい。わたしが石原の帰還にたいして感じる静寂は、ひたすらに自己の内部に凝縮しようとするかのような、この象徴的な姿勢にたいしてである。

かたちばかりの復員式を終えた二日後、石原は「一旦弟宅に落ち着く」。しかし「落ち着」いていられた時間は長くはつづかなかった。背中を丸めこんだ石原吉郎の姿勢に気づくものなどだれひとりとしていなかったのだ。けれど石原吉郎という人間は一筋縄ではいかない。石原にとって凝縮は拡散であり断念は執着だ。嫌悪は愛着であり権利は義務だ。ふざけるな、と石原はひとり芝居をするかのようにやおら背中を伸ばしはじめる。

静寂はいやでも沸騰するだろう。ドスをのんで（という記述を読んだ記憶があるのだが、特定できない）盛り場をうろつく。そのひと言が気にくわないと他人にくってかかる。しかし沸騰すればするほど静寂はいびつなかたちにゆがんでゆくだろう。凝縮はさらにねじれていくはずだ。なぜなら石原吉郎の静寂が、どのようにしても癒されない根源的な「喪失」をかかえこんでいたからである。静寂はやがて寂寥となるだろう。

*

「獲得」を記すはずであった帰還後の第一歩から石原は躓いた。舞鶴埠頭に石原を出迎えたのは弟ひとりだけだったが、石原はかれから両親（石原は幼くして生母を失っているから、実父と義母）の死を知らされている。だが躓いたというのはもちろんそのことではない。むろん父母という最善の理解者の喪失が躓きでなかったとはいえないだろうが、しかしそのような事態なら、帰国した兵士や虜囚たちの少なからぬ者たちがおなじような訃報に接したはずである。また父や夫や兄や弟や恋人の帰国を待ちわびた銃後の家族にとってもおなじような悲嘆は数限りなくあったはずだからである。

石原吉郎は戦後日本にほとんどなにも望まなかった。いかなる有形なものの獲得も補償も要求しなかった。だが、たったひとつだけ望んだことがあった。それもひそかに、しかし痛切に期待したことがあった。〈自分〉という「存在性」（注1。本節末参照）に「理解」を示してくれること。それだけが石原が戦後日本に差しだした唯一のことであった。

奇妙といえば奇妙な、異様といえば異様な期待であった。しかしこのわずかな期待さえもが、世間からの無関心と無視はもとより、肉親や親族によってあっさりと弾きかえされたとき、石原の静かな帰還はいっぺんにざわついたというべきだ。その静かな帰還はあたかも氷点で沸騰してしまうかのような、もはや帰還とも戦後とも呼べぬような異様な事態に変貌したのである。

石原の痛憤やるかたない躓きは、シベリアで忘れ去られた自分じしんの喪失が帰国後も回復されなかったというところにある。回復されるどころではなかった。石原は帰国後もう一度忘れられたのである。

　私たちが舞鶴に上陸したとき、私たちは自分の故国、自分たちの理解者の中へ帰ってきたのだという事実だけに単純に満足して、それまで多くの帰還者がやったように帰国後の生活保障を要求したり、失われたものへの補償を要求するようなことを一切しなかったことはよく知っておられるはずです。とも角非常に単純に、「ごくろうさん」といわれた言葉に満足し、「私たちは日本の戦争の責任を身をもって背負って来た。誰かが背負わなければならない責任と義務を、まがりなりにも自分のなまの躰で果たして来た」という自負をもってそれぞれの家へ帰っていったわけです。

　しかし、私自身が一応おちつき場所を与えられ、興奮が少しずつさめてくるに従って、次第にはっきりしてきたことは、私たちが果したと思っている〈責任〉とか〈義務〉とかを認めるような人は誰もいないということでした。せいぜいのところ〈運の悪い男〉とか〈不幸な人間〉とかいう目で私たちのことを見たり考えたりしているにすぎないということでした。しかも、そのような浅薄な関心さえもまたたくまに消え去って行き、私たちはもう完全に忘れ去られ、無視されて行ったのです。

（「肉親へあてた手紙・一九五九年一〇月」）

石原が戦後日本にたいして求めたものは、「誰かが背負わなければならない責任と義務」を、まさに「自分のなまの躰で果たして来た」自分への理解と承認だけだった。シベリアでの失われた八年間を相殺するためになされた要求にしては、あまりにも控え目すぎたとさえいってもよいくらいだ。

ところがそのような心情は理解されるどころか、「私たちは完全に忘れ去られ、無視されて行った」のだ、と石原はいう。「生活保障」や「補償」といった有形なものの見返りよりも、「理解」という無形なものへの期待だけがあったということは、石原の喪失したものが「生活保障」や「補償」によってはまったく癒されることのない、ひとりの人間の生の原質に関わるものであったことを示唆しているだろう。

無形なるもの――それは究極的には「言葉」だというほかないと思われるが――の交換だけが虜囚としての非在の八年間をかろうじて補填しうるなにものかであった。おそらくそれが忘れた者と忘れられた者をつなぐことのできる唯一のものであった。だが、無形なものが証明されかつ保証されたためしは金輪際ない。言葉は最終的には「信」によって支えられるほかないが、まずなによりもその真偽を秤量（ひょうりょう）するに足る言葉そのものがすでに、石原の帰ってきた戦後日本にはあからさまに不在だったのである。

（注1）「存在性」という言葉について。

本論には「存在」と「存在性」という言葉が頻出する。端的にいえば、「存在」とは存在そのもの（在ること）のことであり、「存在性」とは存在のしかた（在りかた）のことである。それぞれを、存在の事実と存在の意味といいかえてもいい。前者は肉体であるが、後者は箸の揚げおろしから、ひととの関係のしかた、考えかたの一切を意味する。

わたしの念頭にあったのは、生意気にもマルクスの「労働」と「労働力」の峻別であったが、それほど明確な概念にまでは成熟していない。ともあれ、この「存在」と「存在性」の峻別において、その両者の融合・背反・疎外・裏切りがひとりの人間をいかに翻弄するのか、それが本論のひとつのテーマである。

忘れた者と忘れられた者

石原吉郎全集の校異によると、先に引用した「肉親へあてた手紙・一九五九年一〇月」という文章は、最初一九六七年九月発行の『ノッポとチビ』33号に「弟あての手紙……1959・10・29発送」として発表された。この手紙が発送された一九五九年といえば帰国六年後にあたる。最初から公表を目的として書かれたものではなく、実弟に宛てた純粋な私信であったと考えてよいと思う。ただしその私信がどういう経緯があって、発送から八年後に同人誌に掲載されることになったのかはわからない（注2）。

ただわたしがこの「手紙」に関心をもつのは、石原が残した数多い散文のなかでこの文章だけが、「日本の戦争の責任」にたいする〈責任〉とか〈義務〉を正面から露骨に押しだしているほとんど唯一の文章だからである。

そのことをもっとも明確に断言したくだりを引用してみる。

誰がどのように言いくるめようと、私がここにいる日本人――血族と知己の一切を含めた日本人に代わって、戦争の責任を「具体的に」背負って来たのだという事実は消し去ることのできないものであるからです。（同前）

石原にしてみれば当然の自負であったにちがいなかった。そしてそのことを戦後日本に真に「理解」してもらうことだけが石原にとって最低限かつ最大の願いであった。また、「誰がどのように言いくるめようと」石原（たち）にだけはそのように要求することのできる資格があった。わたしはそのことを明確に理解する。にもかかわらず、あえてほんとうのことをいえば（わたしはそれをほんとうのことだと確信するが）、石原が背負ってきたのはけっして「誰かが背負わなければならない責任と義務」などではなかった。それは〝誰もが背負う必要のなかった理不尽な時間と空間を、まがりなりにも自分のなまの躰で果たして来た〟といい換えられるべきはずのものであった。

石原がそのことを知らなかったはずはない。しかし、もしそのようにいえば、「自分のなまの躰で果たして来た」といういいかたが欺瞞となる。ただたんに「具体的に」という殺伐とした収容所の「事実」だけしか残らず、そのでたらめな無意味にただひたすら「自分のなまの躰で耐えて来た」だけだと、自分にいい聞かせなければならなくなるからだ。そのような〈自分〉をどこにもっていこうとも、あるいは自分じしんにつきつけたとしても、どのような納得がおちてきたはずもない。強制収容所で強いられた存在そのものがすでに理不尽であったからだ。

舞鶴港埠頭で父母の死を知らされた石原はその約一ヵ月後に帰郷している。石原は「滑稽にも」「戦争責任の問題を何よりも、この自分の血に深いつながりのある土地で第一番に理解してもらえそうな気がして、胸が痛くなるような気持で」故郷に足を踏み入れる。しかし、「こういったいわれもない期待は伊豆へ着いたその日のうちに簡単にひっくりかえされて」しまう。石原の文脈にそくしていえば、戦後日本にたいする「絶望」はこのときに胚胎したといってもいいし、あるいはこのときに決定的になったといってもいい。

「よくぞ帰った」という声を心のどこかの隅で聞きながら、私が伊豆へ着いたその晩、N氏が居ずまいを正し、まだ私が何も話さないうちに、まず私にいったことは次のようなことです。

1　私が〈赤〉でないことをまずはっきりさせて欲しい。もし〈赤〉である場合はこの先おつきあいをするわけには行かない。

2　現在父も母もいない私のために〈親代り〉になってもよい。ただし物質的な親代りはできない。「精神的」な親代りにはなる。

3　祖先の供養を当然しなければいけない。

（同前）

「戦争責任」の問題をどこのだれよりも「理解」してくれるはずだった（と、石原の期待した）故郷、よりによってその故郷が、自分たちだけの狭隘な生活秩序を維持することだけに汲々として、「一抹の誇りのようなもの」を抱いていた石原の自負に理解を示すどころか、いきなり危険人物かどうかの「テスト」をもちだした、というのだ。石原は「その無礼と無理解を憤る前に、絶望」してしまう。石原はあっさり弾かれ、郷里に寄せた期待を「いわれもない期待」であった、と書く。

小柳玲子・大西和男作成の「年譜」に、

一九五四年（昭和29年）三十九歳

一月　静養のため郷里に戻る。静岡県田方郡土肥村・鈴木二平方に滞在。予定を早め十日ほどで東京へ戻り、そののち生涯にわたりこの土地を訪れなかった。

（『石原吉郎全集Ⅲ』）

と記されたように、石原吉郎は帰国直後のたった一度の帰郷でハイマートロス（故郷喪失者）となったのである。

（注2）石原は帰国後の日々の心境を大学ノートに綴っていた。この「弟あての手紙」はその中に転記されていたものだろう。その大学ノート二冊を、京都で『ノッポとチビ』という詩誌を編集していた大野新に「大野さんにだけは見ていただきたい」と送ったのは石原本人である。畑谷史代の『シベリア抑留とは何だったのか』によると、大野はその手紙とノートの公表に関して、「石原の承諾は電話で得た」という。しかし石原はその後、詩人の中平耀にあてたハガキに「あのノートは大野君に強引に頼まれて止むなく承諾した」と書いている。石原夫人は夫の親族の実名が公表されたことで大野に「激怒」、「以前から不安定だった精神に変調をきたした」という。

＊

わたしが石原吉郎の帰還を異様な事態とよぶのはこのあたりの事情にかかわっている。いったい、石原の静かな帰還の内部で進行した事態のいったいどこが、かすかな違和を感じさせるのか。それは、日本の戦争責任を肩代わりして果たしてきたと主張する自分への「理解」、を差しだすことがである。そしてそのことだけ、を差しだすことがである。さらにそれを差しだすのがほかならぬ石原吉郎だ、ということが、である。

たしかに石原（たち）の言い分は石原（たち）が果たしてきた資格において全面的に認められてしかるべきものであった。けれども、それでもなおわたしにはその石原の「一抹の誇りのようなもの」が、手ぶらで帰国した自分の不安な存在が闇雲につかんでしまったその場かぎりのできあいの観念、あるいは無意味な時間にひたすら耐えてきた自分を無理やり納得させるために案出された単なる名分にしか見えない。

もちろんいうまでもないことだが、戦後日本に自分への「理解」を差しだすことは、石原にとって、あくまでも戦後八年を経た日本との関係に再び参入していくためのなけなしの存在権の主張であり、なおかつ自分の〈非在〉の存在性の正当性をささえる最後の存在意味であったにちがいない。けれども、日本人のかわりに「戦争の責任」を果たしてきたという自負は、つきつけられたものが、だれもあんたに頼んだわけじゃない、いまさらなにをいいだすんだと、困惑して曖昧な笑いを浮かべるほかないような反故同然の古証文でしかなかったはずだ。そしてもし仮に、その石原の自負に最大限の理解や賞賛が示されでもしようものなら、石原は今度は逆に、ぬくぬくとした戦後を迎えたおまえたちに、おれたちのことがわかってたまるか、というような反理解への姿勢がかならずや対置されたにちがいなかった。

石原の差しだした要求、あるいはひそかに抱いていた期待そのものはどう考えてみても控え目であり最小のものであった。にもかかわらず、だれにとってもその期待に十全に応えることができないという意味でそれは最大すぎた。示された理解が納得されようとは到底考えられず、それでもなお理解が要求されつづける。たとえ理不尽であろうとも、石原はその不可能を可能なものとしておれに示してくれといっている。そうでなければ理不尽の釣合いがとれないではないか、というように。

いったいなにがすれちがったのか。おそらくは戦後日本の時間（朝鮮戦争による特需を経験し、第15回ヘルシンキオリンピックに参加し、テレビ放映が始まっていた）とシベリアの時間が、生活と非在が、秩序と混沌が、自由と強制が、温暖と酷寒が、生者と死者が、恐れと焦慮がすれちがった。終ったものと未だ終らざるものが、獲得した者と喪失した者が、そしてなによりも覚えていない者と忘れ去られた者が、おそらくはすれちがった。

「石原吉郎」という存在

石原吉郎が「絶望」したのは、ほんとうは「戦争責任」の問題が郷里においても「理解」されなかったからではない。少なくともわたしにはそう見える。もしも「戦争責任」を問うのなら自分じしんの「戦争責任」を問うのが石原であり、堕落を問うのなら堕落した自分じしんの責任を問うのが石原吉郎という存在だったからである。

戦争を通じ、シベリアを通じ、そしてその一生を通じて、石原が本能のようにもった思考原理はつぎのようなことだった。その自己凝縮する原理からは、どのような意味でも「日本の戦争の責任」というような問題が生じてくるはずがなかった。

私は自我の凝縮と防衛しか考えない。自我の展開とか消滅にはほとんど関心がない。それが自我のたどる運命であるなら、当然そうなるはずである。戦争中、私はそのようにして自我の放棄を迫られたのであり、私は当然のこととしてそれを受容したのである。ただその場合、放棄をしいられた部分と、みずからすすんで放棄した部分があるはずである。私が戦争に参加したのは、私自身である。放棄のこの積極的な部分においてであって、その部分の真の意味での、最終的な責任者は私自身である。（「体刑と自己否定」）

……私たちが堕落の過程を踏んだのは事実であり、それに責任を負わなければならないのは私たち自身である。ある偶然によって私たちを管理したものが、規定にしたがって私たちを人間以下のかたちで扱ったにせよ、その扱いにまさにふさわしいまでに私たちが堕落したことは、まちがいなく私たちの側の出来事だからである。（「強制された日常から」傍点はいずれも引用者）

これが石原に独特の凝縮する論理である。論理というよりもほとんど存在原理であるといってよい。「自我の放棄を迫」った権力、「ある偶然によって私たちを管理したもの」の責任を問わずに括弧に入れ、その括弧の中身さえ存在しなかったらもともとありえなかったはずの「みずからすすんで放棄した部分」、その「最終的な責任者」たる自分の責任だけを抜きだしてしまう。

ゆえに、わたしの言いたいことはこうである。ようするに「日本の戦争の責任」やその肩代わりとしての〈責任〉とか〈義務〉など石原にとってはほんとうはどうでもよかった。決定的に問題だったのは、その戦争に応召し、抑留され、堕落した「最終的な責任者」である〈自分〉のことだけであった。それだけが石原にとって最初の問題であり、そして最後の問題であった。

石原が、自分が生まの身体で果たしてきたと自負する戦争責任の〈責任〉とか〈義務〉という言葉でほんとうにいいたかったことは、すなわち自分という存在性への理解と承認だけである。それゆえに「肉親へあてた手紙」のなかで最も重要な一行は、「浅薄な関心さえもまたたくまに消え去って行き、私たちは完全に忘れ去られ、無視されて行ったのです」という箇所でなければならない。この一行だけが石原の真の「絶望」を表現しているのだ。石原は、〈責任〉とか〈義務〉などはどうでもいいから「石原吉郎」というおれのことはけっして忘れてくれるな、といっている。おれという存在を理解し、承認し、証明してくれ、といっているのである。

「浅薄な関心さえもまたたくまに消え去って行き、私たちは完全に忘れ去られ、無視されて行ったのです」というのははっきりいって石原の泣き言である。石原はまさか自分の存在がいつまでも「忘れ去られ」ることなく人々の記憶のなかに焼きつくべきであるといったスッ頓狂なことを願ったのか。もちろんそうではなかった。けっしてそうではなかったが、自分という存在を絶対に「忘れ」ることがない、他なるものの存在ならたしかに石原は願ったのだ。

できるものなら石原は〈自分〉という存在を自分じしんで理解し、承認し、証明したかった。だがもし〈自分〉が喪失された存在であったなら、それは他者が負うべき責任であった。〈自分〉という存在を忘れずに憶えていてくれること、そういう絶対的な他者がどこかに存在するということが自分に信じられること、それがすくなくとも自分という存在への理解と承認と証明を意味したのである。

ロシア共和国刑法の反ソ行為・諜報という罪状によって起訴され、判決をまつ二カ月のあいだ独房に収監されていたときの心境を、石原は端的にこのように記している。

> 私たちは故国と、どのようにしても結ばれていなくてはならなかった。しかもそれは、私たちの側からの希求であるとともに、〈向う側〉からの希求でなければならないと、かたく私は考えた。（「望郷と海」）

> 海をわたることのない想念。私が陸へ近づきえぬとき、陸が私に近づかなければならないはずであった。それが棄民されたものへの責任である。（同前）

自分が被った理不尽の重さがかれらに届かないのなら、むしろかれらの「理解」のほうが自分に届かなければならなかった。わたしはここでいいきってよいと思うが、石原がほんとうに求めたものは、日本の「戦争責任」を身をもって果たしてきた（といわざるをえなかった）〈自分〉というひとつの存在性への明確な承認である。すなわち「石原吉郎」という存在性の意味の証明であり承認であった。

これはシベリアでの八年間の不在だけにたいする存在証明や自己承認だけを意味したのではない。おそらくは石原が生をうけてから、一貫して他なる者にたいして求めつづけた、そしてなによりも自分じしんにたいして求めつづけた「石原吉郎」という存在性へのたしかなる納得と承認だった。

「忘れ去られ」ることへの不安と恐怖は、「石原吉郎」という存在性へのたしかなる納得と承認がただのひとりからももたらされない（もたらされなかった）という不安と恐怖にまっすぐに繋がっている。そしてあらかじめいっておくなら、「忘れ去られ」ることへの不安と恐怖は、「石原吉郎」という存在性を終生うち顫えさせ悩ましつづけた。

*

石原は二度「忘れ去られ」た。一度はソビエト強制収容所におけるみずからの「存在」を、そして二度目は帰国後におけるその「存在性」を。にもかかわらず、「忘れ去られ」ながら、「世間の方で私のことを決して忘れはしないのだ」ということも石原は思い知らされた。しかし世間が忘れないのは〈シベリア帰り〉という匿名の自分であって、「石原吉郎」という固有名の自分ではけっしてない。世間がそのような自分を忘れないと思いこむことによって、石原は、肉に食いこんだ仮面のように自分のことをけっして忘れなくなる。この思念はふたたび、メビウスの環を辿るようにひとひねりを与えられる。石原は自分のことを忘れないことによって、世間はまだ自分のことを忘れていないのだという思念にねじれ、最終的にみずからの額に「シベリア」を刻印してしまう。

対米従属下のなか朝鮮戦争特需で経済復興が成されつつあるかにみえた日本経済は、一九五三年七月の朝鮮休戦協定の成立によって、石原たちが帰還する直前の秋に一気に冷え込みの状態に陥っていた。

自分と家族の生活と秩序を支えていくのが精一杯だという戦後日本の健全な事実のまえに、石原の「事実」は一顧だにされることなく弾き飛ばされたというほかはない。戦後日本と石原吉郎はどこまでもすれちがった。ほかでもない、すれちがったのは「石原吉郎」という一個の存在者である。うち割っていえば、「石原吉郎」という〈シベリア帰り〉は、戦後日本にとって季節外れの闖入（ちんにゅうしゃ）者であり、脅威者であり、余計者でしかなかったのである。石原は戦後日本とすれちがい、そして自分じしんともすれちがった。どこまでもすれちがいつづけた。

戦後日本のなかで自己を抑留する

石原吉郎はみずからの帰国を、いく分かの自嘲と、なにものかへの叛意をこめるように「サンチョ・パンサの帰郷」と呼んだ。

その同題詩第三連はつぎのように書かれている。

やがて私は声もなく
石女（うまずめ）たちの庭へむかえられ
おなじく　声もなく
一本の植物と化して
領土の壊滅のうえへ
たしかな影をおくであろう

ドン・キホーテは帰らぬままに、かつてあった一切の関係性は失われ、これからの関係性も一切未成の、ただかつてこの国に生を享け、青春をおくり、この国から出征したという素朴な「関係」だけに支配された「石女たちの庭」へ帰郷したのは、従卒のサンチョ・パンサだけである。季節はずれのひとりの帰還者は、「声もなく」迎えられ、かれもまた「声もなく」「一本の植物と化」すほかにすべがなかった。「領土の壊滅のうえへ」おかれるものは、たとえそれがどんなに「たしかな」ものであったとしても、結局はその「影」にすぎない。なるほどそれは喪われたものの「影」にはちがいない。けれども、それはまた「たしかな」影でもあるのだ。
石原吉郎は外部を塞がれた。外部を塞がれた石原が嫌々覗きこんだ自分の内部に、まだ生々しく蠢動（しゅんどう）していたのは「シベリア」だったはずだ。他のなにものとも取り替えることのできない、まぎれもなく八年間の自分の生がこのうえもない密度でぎっしりと詰まった「シベリア」だった。この「シベリア」は拮抗しなければならなかった。少なくともただたんに喪失された理不尽な時空であってはならなかった。この「シベリア」を無意味化することは、そこで生きた八年間をひたすら無意味に耐えた以上にはるかに酷なことであった。なにかに拮抗させなければ石原の内部までもが塞がれてしまうのだ。

だが戦後日本から弾き飛ばされてしまったあとに、なにに、どうやって拮抗することができるのか。秤の一方の皿に「シベリア」をのせたまま石原は帰国した。そのもう一方の皿に「理解」と「ねぎらい」がのせられれば均衡が保たれるはずだったのか。

しかし「シベリア」は無造作に振り落とされ、かわりに両親の死と郷里からの拒絶と社会からの締め出しがのせられた。石原は目をつぶってそのうえにもう一度「シベリア」の時空を置きなおして、両親の死と郷里からの拒絶と社会からの締め出しという事実を押し潰す。押し潰すにあまりある重量だ。

ふたたび宙空に撥ねあげられたもうひとつの空の皿になにをのせればよいのか。なにもない。「石原吉郎」という秤そのものが潰れそうになる。それればかりではなかった。ひとたび忘れられた秤そのものが、もう一度忘れ去られる。〈運の悪い男〉〈不幸な人間〉というくびきから自分を解放するために、石原は自分ひとりを戦後日本のなかで抑留する。

＊

小柳玲子・大西和男作成の年譜につぎのような記述が見出される。

一九七二年（昭和四十七年）五十七歳

八月　数年前より続いた抑留体験に関するエッセイは詩人の散文による仕事の中心になるものであるが、同時にこの仕事は極度な緊張を強いるものであった。執筆中幾度も精神的不安に襲われ、飲酒量の増す原因にもなった。

一九七三年（昭和四十八年）五十八歳

この夏、夫人の健康状態の思わしくない日が続き、看護疲れから飲酒量が多くなる。精神的にも不安定な日が続く。

一九七六年（昭和五十一年）六十一歳

十月　夫人入院。この頃から寂寥感が烈しく飲酒量は増える一方になる。

一九七七年（昭和五十二年）六十二歳

八月　疲労さらにはげしくなる。飲酒量も多。

十月　この頃、飲酒のあげくに泥酔、また切腹の真似、深夜の電話など奇行が多くなる。

引用した最初の項の一九七二年といえば帰国した年からほぼ二十年を経ている。逆からいえば、石原が急死するわずか五年前のことである（石原の死は一九七七年十一月十四日。右に引用した最後の項の翌月である）。すでに一廉の詩人としては名を成していた。しかしそんなことがなんの意味もないと思えるほどの荒廃ぶりである。年を経るにしたがってますます深刻の度を加えていくかのような、この「精神的不安」「寂寥感」「飲酒のあげくに泥酔、また切腹の真似」とはいったいなにごとか。

帰国時に抱いていた「戦争責任」の肩代わりの問題などはとっくの昔に消滅した。郷里の仕打ちや世間の対応などいまさら悩む値打ちもありはしない。戦後日本と和解したかどうかはしらないが、少なくとも社会生活的には十分に拮抗しきったはずだった。ようするに「石原吉郎」という存在性は十分に承認もされ理解もされたはずだった。にもかかわらず、石原の存在不安感がいっこうに癒されていないばかりか、より一層深刻な、ほとんど収拾のつかない存在不安として現出していることに、いまさらのように驚かざるをえない。帰国後二十年を経過してなおうちつづくこの荒廃とはいったいなんだったのか。

石原吉郎は抑留体験に関する散文を帰国後十五年ほどたってから書きはじめたが、年譜作成者も示唆しているように、その過程において石原は「シベリア」を追体験するどころか、自分じしんが逆に「シベリア」から体験されてしまったのである。葬送すべき「シベリア」がふたたび石原に襲いかかったといってもよい。

もちろん夫人の入院（喪失への不安感）という事実がその追体験のわずかな息つぎの隙間を敷

きつめたかもしれないし、ほかにも窺い知ることのできない様々な要因が存在したのかもしれない。しかしいずれにしても、この「疲労」と「酒」の日々に石原の存在性の底を掘り崩しているある根源的な喪失感を視ないならば、それはなにも視ていないに等しい、とわたしには思われる。なぜならこの喪失感は、かれの戦後の生の底を、その最後の一息が吐かれるまで途絶えることなく流れつづけたものだからである。

『水準原点』以後（この詩集は一九七二年に発行されている……注）、彼を襲った、おそろしい虚無のあらしの日々、私は、もう酔っ払って、何かをやりすごしている、彼の殆んど泣き顔と呼んでよいものしか見ていない。

（粕谷栄市「石原吉郎全集Ⅲ・手帖」）

石原吉郎の晩年はまさに「酒と希望が残りをやっつける」（「卑怯者のマーチ」）日々であったという。いったい石原にどんな「希望」が残されていたというのだろう。またやっつけるべきどんな「残り」が残されていたというのだろう。そのような石原の姿は周囲の人間にぐじゃぐじゃな姿として映った。粕谷栄市はさらに、「晩年の彼は、全てにかたくなに身を閉じて、頑ななまでに、他人を拒み、およそいい加減なことばなど、うけつけるところはなかった」と書き、「とにかく、酒を止めて、生きなくちゃしょうがありませんよ」という粕谷に、「生きて、どうすればいいの」といった石原の姿を書きとどめている。

各人は各人に固有な終末、死をもつはずである。それを私は、人間がかろうじてもちうる最後の希望だと考える。一人をして一人の死を死なしめよ。

（「三つの集約」）

はたして「酒と希望」の「希望」が、ここでいわれている「最後の希望」だったのかどうかはわからない。だがいずれにせよ、その「希望」さえも潰え、そして「疲労」がそれにとってかわったとき、石原に最後に残されたものは、いかようにも癒されることのない喪失の「たしかな影」だった。そしてその「たしかな影」こそが、ついに自己承認を獲得しえなかった「石原吉郎」というひとつの存在性であった。

▼第二章

望郷　あるいは海

日本海（ヤポンスコエ・モーレ）は、不安の海でした。

（「二つの海」傍点原文）

「海」の喪失

帰国後の石原吉郎の憤懣、懐疑、絶望。石原はシベリアで躓き、帰国後にもう一度躓いた。その躓きは、シベリアで石原吉郎という「存在」が忘れられ、帰国後はその「存在性」を忘れられるというかたちで生じた。「忘れ去られ」るということが、いったいなぜこんなに執拗な問題として石原に感受されたのか。それをわたしは、石原みずからが、「石原吉郎」という「存在性」へのたしかな納得と承認を、あたかも生それじたいの目的のように希求していたからだ、と仮定した。ほとんど明言さえした。

石原は、生の根源にかかわる喪失を経験した自分というひとつの「存在性」に、一生懸命「石原吉郎」という名をあたえつづけようとしたように見える。かれはつねに剝がれかかる不安に抗しながら、懸命に「石原吉郎」という名を押さえつづけた。しかし押さえても押さえても貼りつかない。他者による承認、しかも、ある絶対的な他者による承認が獲得できなかったからだ。数冊の詩集もエッセイ集も名声すらもが結局はなんの力にもなりえなかった。「石原吉郎」という関係性の底が、ある根源的な喪失によって掘り崩されていたからだ。そう考えるほかはない。

＊

けれども生の根源的な喪失だかなんだか知らないが、とにもかくにも石原には帰国＝シベリアからの解放という最大級の、それこそ生の根源にかかわる「獲得」があったはずではなかったか。その獲得をまえにして、喪失たりうるどんな喪失があるというのか。

ところが面妖なことに、この超弩級の獲得のまえにはいかなる喪失も喪失たりえないではないかとか、世間の無理解や無関心がいったい何程のものかとか、ましてや「忘れ去られ」ることへの恨みがましいひねた心情など見当ちがいも甚だしいではないかと考えることは、石原にとっては最大の侮辱を意味した。石原は「生きていてよかったというような言葉は、私には嘲弄以外のなにものでもない」と当然のように書いたのである。

石原は抑留四年後（一九四九年十月）にバム鉄道沿線の密林地帯にある「コロンナ33」（のちに「コロンナ30」へ移動）という収容所に送りこまれ、そこでほぼ一年間にわたって森林伐採、流木、土木、鉄道工事、採石等の強制労働に従事した。その一年は「八年の抑留期間を通じての最悪の期間」だった。

ただその後はハバロフスクに移動させられ、そこで一般捕虜なみの労働条件を適用されて、石原の健康状態は急速に回復するようになる。石原の自編年譜によると、一九五一年に関する記述はわずかに「市内の建築現場で左官として働く」とだけあり、その翌年（帰国前年）の一九五二年には丸々一年間の記述がない。石原は、帰国する一九五三年の六月、ナホトカに護送され、そこで「移動の目的など一切知らされぬまま六カ月待機」した。

そのナホトカの丘でひたすらに帰国を待ちわびていた時期が、「生涯で最も期待に満ちた時期であった」と石原は書いている。当然であろう。根源的な喪失だの、自己存在性への承認だの、「忘れ去ら」れることへの不安と恐怖だのといっているからといって、わたしはなにも石原が帰国を心から喜ばなかったなどといっているのではまったくない。現に石原はナホトカ港に興安丸を見たとき、「戦慄に似た歓喜が、私の背すじを走った」と、たしかに書いているだろう（注3）。

……タラップをのぼり切ったところで、私たちは看護婦たちの花のような一団に迎えられた。ご苦労さまでしたという予想もしない言葉をかきわけて、私たちは船内をひたすらにかけおりた。もっと奥へ、もっと下へ。いく重にもおれまがった階段をかけおりながら、私は涙をながしつづけた。

（「望郷と海」）

ただし、である。感情の一般法則において、このような感情の興奮がついに持続・定着したためしはない。どのような興奮や歓喜といった陽性の感情も、空虚、懐疑、悲嘆、絶望といった陰性の感情にはけっしてかなわないのだ。喜と楽という獲得の感情は多く空間にかかわる感情であり、怒と哀という喪失の感情は多く時間にかかわる感情だからである。石原吉郎という不可思議な存在はさらに一筋縄ではいかない。石原は感情を観念で締めあげる。その一方で論理を感情が許さない。ところがその論理は観念を信用していない。石原の感情も観念も論理もすくみあがって一直線には走らず、ゆがみ、ねじれるのである。

獲得にとっては、なにものかを獲得することが重要なのではない。獲得が実現される直前の「最も期待に満ちた時期」こそが獲得ということの本質（絶頂）なのであって、獲得が実現されたその瞬間に獲得はまさしく喪失に転化してしまう。喪失そのものもまた、たまさかにこの逆説を生きうるだろうが、しかし獲得はつねにこの逆説の埒内にとどまってほとんどその例外をみない。

その意味でいうなら、帰国＝シベリアからの解放という最大級の獲得でさえもが、まさに最大級であるがゆえに、実現されたその瞬間に最悪の喪失に転化しなかったという保証はどこにもなかった。そしてもしかしたら帰国＝シベリアからの解放という事態は、石原吉郎にとっては最悪の獲得だったのかもしれないのだ。

（注3）多田茂治『石原吉郎「昭和」の旅』によると、石原は「帰国組に入ったのがよほど嬉しかったのか、延期組の殿邑寛に、昂揚した顔で『おれが帰らなければドイツ・ロマンチシズムが滅びるんだ』といった」という。殿邑は「そうかい、そうかい、さっさと帰りな」と返した。

＊

有形無形を問わず、「獲得」していくことにこそ無条件の価値があり、人生の意味も目的もその一点に集約されてまちがいではない、とするやみくもな獲得信仰が唯一の人生観であるような世界で、「喪失」の意味を問うことはそれ自体がおよそ滑稽で無意味な行為に近い。だが獲得を願いながら否応もなく喪失の影に覆われていく生は、生そのものの喪失（自分じしんの喪失）という最後の危機を回避するために、その喪失の意味を問いつづけるほかはない。

なにを失ったのかということ以上に、喪失ということじたいが、人が生きていくうえでどういうことなのか、という問いのまえにかれは立たされる。むろんそのような意味などわかるはずもなかろうが、たとえそこに納得のできる意味が落ちてきたとしても、そのことで喪失の暗闇が獲得の光芒にとってかわられるわけではない。

獲得は生の目的ではありえても、生の真実は喪失のなかにしかない、と自分にいいきかせようと、それが強弁としか響かないことは喪失者じしんが知っていることだ。虚しい問いだ、というあからさまな冷笑は獲得の側からやってくるだろうが、それ以前に小さな苦笑はすでに喪失の側からもたらされている。できることなら喪失から目を逸らし、他人とおなじく「獲得」だけの平安な稜線に歩行を戻したいが、性懲りもなく忘却の地平から浮上してくる喪失であるならば、その空虚にただ耐えつづけるほかはない。

荒唐無稽に聞こえるかもしれない。しかし帰国後の石原を襲った憤懣と懐疑と絶望、その後も引きつづいてゆく存在不安といった事態は、すでに帰国直前から準備されていたとでも考えないかぎりとても納得がいかない。いやもしかしたら、それ以前のシベリアから。そしてもしかしたら、そのシベリアのはるか以前から、と。

＊

事実、帰国＝シベリアからの解放という至福の時間をあっさりと帳消ししてしまうかのように、実際に「船が外洋へでた瞬間の喪失感と虚脱感は私には意外であり、また予想できたことでもあった」（「海への思想」）と石原は書いている。石原が日本へ帰ってきたのはつぎのような錯綜する時間と空間を通過してだった。

興安丸がソ連の領海をはなれたとき、私たちは甲板に出て、安堵して空と海を見た。そのとき私たちをはこんでいたものは、おそらく〈時間〉というものではなかった。いわば二つの時間のあいだの、大きな落差のようなもののなかに私たちはいたのである。
私たちは未来という時間感覚を、すでにうしなっていた。船が南下するにつれて、私たちはいたずらに過去へ引きもどされて行くような錯覚に何度もとらわれた。風景の展開をまったくともなわない、一種の真空状態のなかでのこの退行感覚は、海をこえてかろうじて帰国したものだけが知っている特殊な錯誤なのかもしれない。私たちは一様に興奮し、一様に虚脱していた。

（「強制された日常から」）

さながら、黄泉の国から常世の国への帰還とでもいったイメージが湧きあがってくる。注目すべきことは、この時間感覚の混乱が空間性の急速な喪失によって引き起こされていることだ。あるいは、異次元の空間を横断するかのような落差のなかに時間が失速しているといってもよい。かれの感覚は、来たるべき「陸」（日本）がいまだに現実性を持ちえないぶんだけ、後方にたしかな現実空間として存在するもう一つの「陸」（シベリア）に引き戻されざるをえない。海上というよるべない空間（無時間）に拉致されたかのようなかれらにとっては、そのことが未来感覚の喪失と退行感覚という時間感覚の混乱となって現れているように思われる。

それは凝縮されていた時間がまるで野放図な時間のなかに放りだされたときに陥る失速感のようなものであったかもしれない。また船で前方に運ばれてゆく自分のカラダ（存在）と、その進行の速度に追いつけずに、じりじりと後方に置き去りにされてゆく虜囚としてのカラダ（存在性）との間に生じた身体的な時間のズレであったかもしれない。その「ポスト・フェストゥム的な過去」（あとの祭り的な過去）は、まさしく「所有の内実が失われたまま、空虚で否定的な所有の形骸だけが残った現在完了型の形」（木村敏『時間と自己』）をとったのだといってもよい。

ラーゲリでの強いられた生がたとえどんなに「過酷」で「悲惨」なものであったにせよ、囚人たちにとってそれはまがりなりにもある実質を備えた生の秩序にほかならない。

このような日常性（強制労働の一日一日……注）の全体をささえていたものは、ある確固とした秩序である。（略）それはすさまじく異常でありながら、その全体が救いようもなく退屈だということである。一日が異常な出来事の連続でありながら、全体としては「なにごとも起こっていない」のである。

（「沈黙と失語」傍点原文）

囚人にあって日常が耐えがたいのは、きのうと寸分たがわぬ一日が、今日も明日もさいげんもなくくりかえされるためではない。この日常がある日前ぶれもなしに崩壊するのではないか、すなわち〈猶予された執行〉が突如として起こるのではないかという不安のなかで、たえまなく小刻みな緊張を強いられるためである。

（「終りの未知・強制収容所の日常」）

けれども、帰国数年前から身体を削るような強制労働の日々は終わっていたはずだった。だが一日が「なにごとも起こっていない」日常でありながら、依然として全体としては異常でありつづけた日々が終わっていたわけではなかった。そしてある日突然、そのような時空の秩序から解き放たれた虜囚たちがその空間性の秩序を失ったとき、手放しの無秩序の時間のなかで引き裂かれたとしても到底怪しむには足りないというべきだろう。

ただここで描かれた復員者たちの虚脱感が直接性としてあったと考えられるのにたいして、石原のそれはあくまでも「海」に媒介された間接性として現出した。時間感覚の失速にもまして石原に感受されたのは、いまだに信じられぬ前方の「陸」と、徹底的に否定されなければならない後方の「陸」との間で、ついに漂白されるほかなかった「海」の喪失以外にはなかったのである。

石原の意識経験の不可思議さはこのあたりから顕著になってくる。

＊

エッセイ集『望郷と海』は、わたしが石原吉郎の著作にふれた最初の、そして決定的な一冊であったが、その中の同題エッセイ「望郷と海」を読んだとき、不埒にもわたしは、石原はシベリアから帰ってくるべきではなかったのではないか、という考えにとらわれた。そんな馬鹿なことがありえようはずもないが、そのときの一瞬の思いはいまに至るまでどうしても消し去ることができない。ほとんど眼を疑うような文章であった。

海。この虚脱。船が外洋へ出るや、私は海を喪失していた。まして陸も。これがあの海だろうかという失望とともに、ロシヤの大地へ置き去るしかなかったものの、とりもどすすべのない重さを、そのときふたたび私は実感した。その重さを名づけるすべを私は知らないが、しいて名づけるなら、それは深い疲労であった。喪失に先立って、いやおうなしに私をおそう肉体の感覚を、このときふたたび経験した。海は私のまえに、無限の水のあつまりとしてあった。私は失望した。このとき、私は海さえも失ったのである。

（「望郷と海」傍点原文）

実際のところ、シベリアから帰ってくるべきではなかったのではないか、とでも考えないかぎり、石原のこの「失望」は不可解きわまりなかった。しかしそういう思いと同時に、石原吉郎の、この最も石原吉郎的な感受の仕方がわたしに信じられないのなら、『望郷と海』一冊は、すなわち石原吉郎がわたしにもたらした「言葉」は、その痛切な修辞だけを残したまま、たちどころにその大半が意味を失うのではないかと思われた。

わたしは訝しむ。考え、想像し、類推しようとする。いったい「ロシヤの大地へ置き去るしかなかったものの、とりもどすすべのない重さ」とはなんだったのか、と。また、実際に自分の両手で支えることのできるかのような、物質化した「深い疲労」とはなんだったのか、と。そしてまた、石原にまだどんな「失望する」ことが残されており、「海さえも失った」とは、それ以前にいったいなにを失ったのか、と。それよりもなによりも、帰国＝シベリアからの解放という最大級の獲得のさなかに、石原はいったいなにを呑気に「私は海を喪失していた。まして陸も」などと見得をきっているのか。

あたりまえのように、考えは立ち往生し、想像は上滑りし、類推は迷走する。唯一たしからしいことは、石原が「海」を喪失したという錯誤とも事実ともつかぬ一事だけである。その喪失感が身体的な感覚によって誘発されている。そしていうまでもなく重要なのは、喪われた対象としての「海」ではなく、むしろこの身体的な感覚のほうであった。

そこに関連する一本の糸をわたしたちは手繰り寄せることができる。

石原吉郎は抑留四年後、カラガンダの臨時法廷で、ロシヤ共和国刑法五十八条（反ソ行為）六項（諜報）というでたらめな罪状によって重労働二十五年の刑を言い渡されている。前頁に引用した「喪失に先立って、いやおうなしに私をおそう肉体の感覚を、このときふたたび経験した」（傍点引用者）という文章は、その判決を言い渡されたときに震撼した石原の最初の経験に呼応している。このようにである。

故国へ手繰られつつあると信じた一条のものが、この瞬間（重労働二十五年の判決……注）にはっきり断ち切られたと私は感じた。それは、あきらかに肉体的な感覚であった。このときから私は、およそいかなる精神的危機も、まず肉体的な苦痛によって始まることを信ずるようになった。「それは実感だ」というとき、そのもっとも重要な部分は、この肉体的な感覚に根ざしている。「手繰られている」ことを、なんとしてでも信じようとしたとき、その一条のものは観念であった。断ち切られた瞬間にそれは、ありありと感覚できる物質に変貌し、たちまち消えた。観念が喪失するときに限って起るこの感覚への変貌を、そののちもう一度私は経験した。

（「望郷と海」傍点原文）

「そののちもう一度私は経験した」という記述が、帰還船上の「海」の喪失に対応していることはいうまでもないだろう。生存の原質に触れていた「観念」が「断ち切られ」て「ありありと感覚できる物質に変貌」し、たちまち消失するという「肉体的な感覚」こそが、「海」を喪失したということの観念的＝身体的な事実である。

洋上で「海さえも失った」と書いた石原は、この判決を受けたとき、すでに帰るべき「陸」（日本＝故郷）を失ったのだ。喪失によって空洞が生じたのではない。喪失（観念）そのものが物質化し、その体積から実質（観念）が消滅することによってなにものをもってしても補塡されえない喪失。それを、充溢した喪失とも、あるいは喪失の喪失とでもいえばよいだろうか。

だが、「海」とはいったいなにか。「手繰られている」という想いを繫ぐ観念である。帰るべき「陸」を失ったあとに、かろうじて残された純粋観念である。そのとき「海」を喪失するとはいったいなにか。おそらくは存在性の剝離である。「陸」を喪失したときに「石原吉郎」という存在性が一枚剝離し、「海」を喪失したときにもう一枚の「人間」という決定的な存在性が剝離した。

なにかに「手繰られている」という想念は石原にとって最も大切な想念であった。つねに自分はだれかに「手繰られている」ということが自分に信じられること、すなわち自分という存在を「忘れず」に、いつも憶いだしてくれる存在が自分にはあるということが確信できること、それこそが「石原吉郎」という存在性の明確な承認にほかならなかった。だが「手繰られている」という観念が切断され、物質へ変貌し、そして消滅するという肉体的な経験によって、まず「石原吉郎」という観念が切断され、ついで「人間」という観念が切断されたのだ。

石原はこの「海」の喪失について、いくら書いても書きつくせないというようにいくつもの文章を残している。これからその喪失の深さを測るために、石原吉郎の「海」それ自体が発生したその初源にまで遡行してみようと思う。ラーゲリのなかで一寸刻みに生を刻んだ石原にとって、いったい「海」はどのようにして出現し、変貌し、そして喪われていったのか。

不可能な意志としての自己証明

「海」の出現と変貌の過程を最もよく伝える文章がある。石原吉郎の、言葉に対するセンチメントとヒロイズムの美意識が最高度に張りつめた、最も石原的な散文の典型であるといってよい。長い引用となるが、途中を省略することができない。

> 海が見たい、と私は切実に思った。私には、わたるべき海があった。そして、その海の最初の渚と私を、三千キロにわたる草原（ステップ）と凍土（ツンドラ）がへだてていた。望郷の思いをその渚へ、私は限らざるをえなかった。空ともいえ、風ともいえるものは、そこで絶句するであろう。想念がたどりうるのは、かろうじてその際（きわ）までであった。海をわたるには、なによりも海を見なければならなかったのである。
>
> すべての距離は、それをこえる時間に換算される。しかし海と私をへだてる距離は、換算を禁じられた距離であった。それが禁じられたとき、海は水滴の集合から、石のような物質へ変貌した。海の変貌には、いうまでもなく私自身の変貌が対応している。
>
> 私が海を恋うたのは、それが始めてではない。だが一九四九年夏（ロシア刑法によって重労働二十五年の判決が言い渡された数カ月後……注）カラガンダの刑務所で、号泣に近い思慕を海にかけたとき、海は私にとって、実在する最後の空間であり、その空間が石に変貌したとき、私は石に変貌せざるをえなかったのである。

だがそれはなによりも海であり、海であることでひたすらに招きよせる陥没であった。その向うの最初の岬よりも、その陥没の底を私は想った。海が始まり、そして終わるところで陸が始まるだろう。始まった陸は、ついに終わりを見ないであろう。陸が一度かぎりの陸でなければならなかったように、海は私にとって、一回かぎりの海であった。渡りおえてのち、さらに渡るはずのないものである。ただ一人も。それが日本海と名づけられた海である。ヤポンスコエ・モーレ（日本の海）。ロシヤの地図にさえ、そう記された海である。

望郷のあてどをうしなったとき、陸は一挙に遠のき、海のみがその行手に残った。海であることにおいて、それはほとんどひとつの倫理となったのである。（「望郷と海」）

すでに何度もふれたように、石原吉郎は一九四九（昭和二十四）年四月に、死刑が廃止されたロシア刑法のなかでは最高刑である重労働二十五年の判決を言い渡された。判決翌日の自分の精神状態を石原はこのように書き記している。

正午すぎ、私たちは刑務所に収容された。この日から、故国へかける私の思慕は、あきらかに様相を変えた。それはまず、はっきりした恐怖ではじまった。私がそのときもっとも恐れたのは、「忘れられる」ことであった。故国とその新しい体制とそして国民が、もはや私たちを見ることを欲しなくなることであり、ついに私たちを忘れ去るであろうということであった。そのことに思い到るたびに私は、背すじが凍るような恐怖におそわれた。（中略）それは独房でのとらえどころのない不安とはちがい、はっきりとした、具体的な恐怖であった。帰るか、帰らないかはもはや問題ではなかった。ここにおれがいる。ここにおれがいることを、日に一度、かならず思い出してくれ。おれがここで死んだら、おれが死んだ地点を、はっきりと地図に書きしるしてくれ。地をかきむしるほどの希求に、私はうなされつづけた（七万の日本人が、その地点を確認されぬまま死亡した）。もし忘れ去るなら、かならず思い出させてやる。望郷に代る怨郷の想いは、いわばこのようにして起った。

（「望郷と海」傍点原文）

この判決を境に、故国から「恋われている」とみずからに信じこませようとした石原の思念は、逆に、故国から「忘れられる」ことへの「背すじが凍るような」「具体的な恐怖」へと一変した。そして「故国へ手繰られつつあると信じた一条のものが」その「瞬間にはっきり断ち切られた」と実感されたとき、かれの想いは「最初の渚」へとかぎられざるをえなかったのである。そのとき石原の「海」は「石のような物質へと変貌した」。

もちろんそれ以前においても、海への憧憬は存在しただろう。だがそれは、故国へ従属するかぎりでの、また故国へ渡るためだけの過渡的で凡庸な海（「水滴の集合」）であったにすぎない。わたしたちの遡行すべき石原の幻想（妄想）的な「海」が、現実としての「海」の地平をこえて出現してくるのは、故国から「恋われ」、故国へ「手繰られつつあると信じ」られていた「望郷」の想いが、判決を境に、やがて「もし忘れ去るなら、かならず思い出させてやる」という「怨郷」の念に引き裂かれたときからである。

「望郷」の思念に呼応する凡庸な海が「日本海」であり、それが「怨郷」の念に引き裂かれて「陸」が喪失されるにいたったとき、「海」は「日本海」でも「ヤポンスコエ・モーレ」でもなく、「日本海（ヤポンスコエ・モーレ）」とルビをふって併記されるほかない両義的な「海」に変貌した。そしてこの変貌には、断念を断念しきれないままに、囚人としての秩序に足を掬（すく）われはじめた石原吉郎の変貌が対応しているというべきだ。

　判決が下された年の秋、石原はバム鉄道沿線の「東シベリヤの密林」に送りこまれた。「入ソ後最悪の一年」が始まった、と石原みずからが年譜に記したように、そこは極寒期には零下四〇度にもなる「コロンナ33」と呼ばれた収容所である（のちに「コロンナ30」へ移動）。石原はそこで朝は黒パンと夜は薄いスープで口に糊しながら森林伐採や土木工事や鉄道工事に従事した。一センチでも故国へ近づくことが帰還へのかすかな希望につながっていた囚人にとって、シベリアとは、重労働二十五年という刑期がほとんど終身刑を意味する絶望的な時間であることに加えて、ほとんど地の果てを意味する絶望的な距離をも意味した。

　そのときから、「望郷」と「怨郷」に引き裂かれていた石原の思念は、「ついに忘れ去られた」という「忘郷」へと終息してゆく。それにつれて、生の踏みはずしのような沈黙と失語が石原の存在性を剝離させてゆくのである。

「望郷」とは此岸（ラーゲリ）を無化しつつ、ひたすらに彼岸（故国）へ結ばれようとする想いであった。だが此岸を無化しつつも、彼岸からも渡ることを禁じられて「石に変貌した」海は、ついに振りかえることさえ禁じられたメデューサの「海」であるほかはない。

「海」の出現と変貌と喪失。その観念性としての「望郷」と「怨郷」と「忘郷」。この観念の底を垂直に貫いているものは、あきらかに「忘れられる」ことへの恐怖感である。

この執拗な恐怖感は石原吉郎という存在の原質に関わる問題であるといってよいが、「海」であれ「望郷」であれ、他なるものによって自分の存在が証明されつづけること、いいかえると、それによってしか自分の存在が証明されえないことこそが石原にとって最大の問題であった。にもかかわらず、ついに「忘れ去ら」れたという「忘郷」の思念において、他なる存在（他者との関係性）はついに自己証明とも自己承認とも一切無縁なのだということに石原は震撼したのだ（帰郷後、石原はこの回復を当然のように期待したが、それさえもがあっさりと弾きかえされたことは第一章ですでに見たとおりである）。

遙か異郷の地にありながら、「もし忘れ去るなら、かならず思い出させてやる」という非現実的な想念は、その自己証明への凄惨な意志とでもいうほかないものであった。存在証明などという辛気臭いものをいっさい必要としないと嘯（うそ）ぶく人間ならそれこそごまんといることだろう。しかし意識しようとしまいと、自分の存在証明を他なる存在に負うていない者はこの世界にただのひとりも存在しない。

ただこの存在証明は本来的に証明不能なものだ。だとするならその納得は、ある確信からやってくるほかはない。自分の存在性は他者との関係性によって証明され、承認されているという自己確信あるいは自己信憑によるほかはないのである。

石原はその他者なる証明者をシベリアで失った。いやシベリアで失ったかどうかは怪しいものだった。そもそも生を享けてから、そのような他者なる証明者をもったことがあったのかどうか。そうとでも考えないかぎり石原の「海」幻想の出生がわからない。

石原吉郎が依拠しようとする他者なる証明者が特異なのは、それが現実的な他者であるというよりも、つねに彼岸的他者（非在の他者）であるということだ。シベリアの地で石原が求めたのは、海を越えた彼岸（故国）である。その彼岸から断念を強いられたとき、石原が求めたのは観念の彼岸であった（これがのちにみる「幻想の海」である）。

海を越えて帰還したとき、たしかに石原は現実の他者（戦後日本）にそのことを望んだ。だがそのことは証明不可能な希望であった。しかしもしも戦後日本が石原吉郎に最大級の理解と承認と賛辞を示しえたとしても、石原の期待が十全に満たされたと考えることはできない。今度は彼岸の他者である「シベリア」こそが石原の存在性を承認し証明しなければならなかったからである。ではあの体験とはいったいなんだったのか、というように。

「海」が「実在する最後の空間であり、その空間が石に変貌」したとき、「実在する最後の空間」としての「海」は、それ自身が自己目的化された彼岸となった。石原はそのときすべての現実性を失ったといってよい。「海の変貌には、いうまでもなく私自身の変貌が対応している」という言葉は、自分という存在性を無造作にその観念の彼岸に預けたまま、現実的な存在証明をほとんど諦念しかかっていることを示している。囚人としての秩序に足を掬われはじめたとはこのことだが、しかしなお「実在する最後の空間」としての「海」は彼岸化された「海」としてかろうじて延命している。石原はそれを「倫理」とも呼び、のちにはそれを「幻想の海」とも呼ぶのである。ほとんど仮生の海、仮死の海といっていい。

無限責任と無限処罰

たとえ口先だけで、二度と繰り返されてはならない、と言われようが言われまいが、屈辱はくり返され、頽廃はくり返され、惨事はくり返される。許されぬ、と言われようが言われまいが、理不尽はあたりまえの顔をしてくり返し生じる。事は在り、生じるだけだ。

石原吉郎が「忘郷」の果てに腹の底から承認せざるをえなかった世界は、このような〈あることはあることだ〉という同義反復の世界だったようにおもわれる。そこではもはや生きる権利も、正義も、崇高な義務も存在しない。自由という人間的観念でさえ消失してしまう。あるのはただ〈あるものはある〉〈ないものはない〉〈死ぬものは死ぬ〉〈生きるものは生きる〉という、およそ単一の事実だけが支配している殺風景な世界だ。

にもかかわらず、その世界に唯一落ちてきた言葉は石原によって「倫理」とよばれた。すなわち、もはや石原吉郎という個人でも囚人でもない、罪としてのひとつの存在を罰するような「倫理」である。だがなぜ「倫理」だけがそこに落ちてくるのか。

石原はたとえばつぎのように書いている。

タイガの冬を通して、私は秋霜烈日ともいうべき倫理に監視されつづけた。（略）私を罰し、そして罰しつづけるものが、制度や体制、思想や人間ではなく、冬とその自然であると考えることに、私なりの意味づけと納得を求めていたのかもしれない。そしてその納得は、今も私に持続している。倫理はもはや人間のなかにはなく、自然のなかにあり、そのような倫理によって、いまもなお人間が監視され、罰せられつづけているという認識は、私にとってむしろ終末感に近い実感である。

（「冬とその倫理」）

さらに石原は追いうちをかけるように、「人間は自然に対してつねに有罪である。人間は自然に対して、つねに弁明のように存在している。人間であること自体がひとつの弁明である」と書いている。

海が海であり、自然が自然であることにおいてすでに「倫理」であるのなら、それは自然から決定的に疎外されてしまった人間が、人間は人間である、と言いうる地点から無限に遠ざかってしまったからだ。

そしてもし「冬とその自然」が、私を「罰し、そして罰しつづける」としたら、それはもはや人間が、人間は人間である、と言うことができない地点に立っているにもかかわらず、いまだに偽神的な仮面を被りつづけていることにたいする罰としてやってくるというほかない。そのとき裸の形としての生とは、その仮面の引き剝がしとして、つまり存在すること・関係することの罪を露出させるための「自然」による罰である。石原吉郎はそのようにいっているように見える。そのように見えないなら、わたしがそういいたがっている。

倫理が人間を追い切れぬ場所で、私はこの不気味な美しさに出会った。声もなく立ちふさがる樹木の高さは、私にはそのままに糾問の高さに見えた。人間のすべての営為が、だらけ切った、自己弁護の姿のままでのめりこむことを、はっきりと拒む自然の姿と私には映った。

（「無感動の現場から」）

注目しなければならないことは、このような認識を不可避的に生みださざるをえない石原の関係意識である。すなわち、罪のないところに罪をもたらす存在としての「制度や体制、思想や人間」を、「冬とその自然」という〈事〉に塗り込め、そのことによって共同性への問いを隠蔽してしまうような関係意識である。それは自己関係化への凝縮、いいかえると自己への無限処罰である。倫理がもはや人間のなかにないのなら、問われるべき責任も負うべき義務も行使すべき権利ももはや人間のなかにはない。そしてまた、倫理によって人間の行動や思考のいちいちを適と不適、正と悪によって裁断することも許されない。存在することのいっさいが無限処罰のなかに叩き込まれるほかはないのである。

倫理がもはや人間のなかにないのなら、いかなる責任も人間の行為にやってこない。にもかかわらず無限処罰だけが人間にやってくるとき、そしてまたあらゆる「自己弁護の姿」がはっきりと拒まれるとき、すべてにたいする無責任は逆にすべてにたいする無限責任として引き受けなおされるほかはない。このように結果する（と思われる）石原の自己関係化はちょっと比類がない。

＊

この、宿痾ともいうべき無限責任と無限処罰こそは、つねに石原のラーゲリ体験を際立たせ、その底に一貫して固持されつづけた姿勢である。いやそればかりか、この姿勢は石原吉郎の最後の一呼吸にいたるまで崩れることがなかったといってもいい。私は私である、という「自同律の不快」に耐ええなかったのが埴谷雄高なら、私は私である、と言い切ることの不能に耐ええなかったのが石原吉郎なのだ。

けれども、このひたすらに自己凝縮する無限責任と無限処罰の対極に、あるいはその果てに、あたかも凝縮する自己関係化の斥力（せきりょく）によって生みだされたかのような石原のもうひとつの自己関係化が存在した。それは、石原を「罰し、そして罰しつづける」その果てに、まるで奇跡のように到来すべきまったき解放、無限に対置されるもうひとつの無限、すなわち自己丸ごとの無限救済である。

この地上に、もしも私という人間が現実に存在するなら、その人間は救われていなくてはならない。

（10・13）

（「一九五六年から一九五八年までのノートから」傍点原文）

あえて図式的にいうなら、石原吉郎の自己関係化（関係意識）の特質は、この凝縮と拡散、無限責任と無限処罰と無限救済の盲いた力学であるということができる。そしてこの凝縮と拡散という両極の自己関係化のあいだに、「告発」「沈黙」「断念」「位置」「単独者」といった石原に独自の身体的な概念のことごとくが、一様に倒錯の影を帯びながらそれぞれ本来向かうべき方向とは逆のベクトルを与えられて散在していると考えてよい。

彼岸か此岸かどちらかの岸を志向する「海」、あるいは過去か未来かいずれかの時間を志向する「海」という喩のうえに、さらに生か死かどちらかの現実を志向する「海」というもうひとつの喩を重ねてみよう。

いうまでもなく志向された彼岸が生（無限救済）を示唆し、否定さるべき此岸は死（無限処罰）を意味するが、現実の彼岸を断念しつつ、なお此岸をも無化せんとする出口なしの不可能な関係意識が、この生と死のあわいのなかで彼岸とも此岸ともつかぬもうひとつの岸に繋がろうとしたとき、その意識はある観念の地平に向けて投身するほかなかった。その地平にほんらいあるべき自己の存在性を委ね、かつそこから現にある石塊としての存在を定義づけしてくるような観念の岸、それを石原は「倫理」としての「海」と呼び、のちには「幻想の海」と呼んだ。それはもはや、仮生とも仮死とも見分けのつかぬ両義的な岸（観念の彼岸）である。

その北へ思い描かれた「幻想の海」は、石原吉郎のラーゲリ体験を象徴する想念の極北である。のみならずこの「海」は、わたしたちが到達しうるかぎりでの、石原吉郎の最後の「海」でもある。石原はこんな地点にまで追いつめられたのだ。

私が南へ想いえがいた海とは、母国と私をへだてる海、いちど渡り終えてのちふたたび渡り終せるとは信じられぬ海、北へ想いえがいた海とは、南への断念が反射的に求めた、いわば幻想の海であったといっていい。南への希求の代替として北への指向があったということは、私には不思議という以上に重大である。

（「海への思想」）

石原の故国への思いが、「望郷」から「怨郷」へ、そしてついには「忘郷」へと変貌していったことに照応するかのように、石原の「海」もまた、凡庸なる現実の海（日本海）から石塊としての「海」（「日本海（ヤポンスコエ・モーレ）」）へ、そしてついには「北へ想いえがいた海」（幻想の海）へと変貌した。それはまた、「号泣に近い思慕」をかけた海が、「不安の海」へ、そしてついには「無限の水のあつまり」としての海へと変貌していった喪失の過程でもあった。「海」が出現し、変貌し、喪われていったこの過程のなかに、ラーゲリにおける虜囚石原吉郎のすべての時間と空間があったと断言してさしつかえない。

ふたたび観念のシベリアへ

日本人抑留者の数は一説には五十万とも六十万ともいわれてきたが、一九九〇年六月二十日から二日間東京で開かれた「シベリア抑留」に関する日ソ共同シンポジウムで、ソ連側は日本人捕虜の数を五十九万四千人、そのうち五十四万六千八十六人がソ連領に強制連行されたと正式に発表した（「毎日新聞」一九九〇年六月二十一日付夕刊）。そのなかで抑留中の死亡者数は六万二千六十八人であると報告されたが、これは八・七人に一人の死亡率であることを示している。

この五十五万人になんなんとする日本人抑留者の大多数にとって、おそらくラーゲリの現実とはかくかくしかじかの様々な「事実」の集積であったにちがいない。妬みであり差別であり裏切りであり密告であり脱走であり私刑であり民主化運動であり、あるいは凄絶なまでに厳格な食事の配分でありたった一個の黒パンであり水のように薄いスープであり一本の針と糸であり、そして行進であり作業であり監視でありノルマであり零下四十度でありマシカ（毒ブヨ）であり眠るようにして死んでいく仲間でありといった諸々の、「非人間的」で「過酷」で「極限」を細大洩らさず示すような「事実」の集積であっただろう。

もちろん石原もまたそのような「事実」を書き残さなかったわけではない。だがそれらの「事実」以上に、石原吉郎にとって、いやわたし自身にとってラーゲリの現実をあからさまに保証するものは、石原の「海」幻想とその喪失以外にはない。

けれどもわたしは、その「海」幻想をもって石原のラーゲリ体験を日本人俘虜のなかで特権化したり石原個人を選民化したいわけではない。それどころかむしろそのことは、石原の自己関係化の脆弱性をこそ示しているのではないかと考えている。それを自己欺瞞といいかえてもたぶんまちがいではないはずである。

ただわたしはそのような石原吉郎を嗤う気には到底なれない。そのような自己欺瞞を否定しようとする意思もない。なぜなら石原が踏みはずした自己欺瞞とは〈存在すること〉においてだれもが避けることのできない最後の自己欺瞞とでもいうほかないものだからだ。

いうまでもなく、「号泣に近い思慕をかけた」海が「物質」としての海に変貌したあとに、「幻想の海」の出現とはまたなんとお誂えむきなセンチメントでありスノビズムであることか、という懸念がないわけではない。だがこの懸念を最後のところで断ち切るのは、石原吉郎の「海」の出現と変貌と喪失をわたしは信じるからである。そしてまた、「幻想の海」に委ねられた石原の仮生（仮死）がどんなものであったかを、わたしは不遜と傲慢を顧みずにいえば、わずかに理解できるように思えるからである。

＊

わたしは六十年も昔の、そして遙か数千キロも離れた、酷寒の密林のなかにいるひとりぼっちの小さな石原吉郎を想像する。

ひとつの情念が、いまも私をとらえる。それは寂寥である。孤独ではない。やがては思想化されることを避けられない孤独ではなく、実は思想そのもののひとつのやすらぎであるような寂寥である。私自身の失語状態が進行の限界に達したとき、私ははじめてこの荒涼とした寂寥に行きあたった。衰弱と荒廃の果てに、ある種の奇妙な安堵がおとずれることを、私ははじめて経験した。そのときの私にはすでに、持続すべきどのような意志もなかった。一日が一日であることのほか、私はなにも望まなかった。一時間の労働ののち十分だけ与えられる休憩のあいだ、ほとんど身うごきもせず、河のほとりへうずくまるのが私の習慣となった。そしてそのようなとき私は、あるゆるやかなものの流れのなかに全身を浸しているような自分を感じた。
そのときの私を支配していたものは、ただ確固たる無関心であった。（略）だがこの無関心、この無関心がいかにささやかでやさしく、あたたかな仕草ですべてをささえていたか。私にとって、それはほとんど予想もしないことであった。実際にはそれが、ある危険な兆候、存在の放棄の始まりであることに気づいたのは、ずっとのちになってからである。私の生涯のすべては、その河のほとりで一時間に十分ずつ、猿のようにすわりこんでいた私自身の姿に要約される。のちになって私は、その河がアンガラ河の一支流であり、タイシェットの北方三十キロの地点であることを知った。

（「沈黙と失語」）

「つんぼのような静寂のかたまり」であると同時に「耳を聾するばかりの轟音」でもあるようなシベリアのタイガのなかの、ゆるやかに流れる河のほとりにじっとうずくまって、無言の想いを北の方角へ向けて静かに流しているかのようなひとりの小さな人間の姿。あるいはひとつの存在。それはほとんど幻のような光景だ。
かれの周囲には、少なくとも数十名（？）の作業仲間とそれを監視する自動小銃を構えた少年のようなロシア兵たちがいたはずだが、この静寂な光景のなかには石原吉郎ただひとりしかいない。かれにはなにも見えず、なにも聞こえていない。自分がいまどこにいるのかも、またなぜここにいるのかもわからぬままに、太古の昔から未来永劫にいたるまで、ただ河のほとりにじっとうずくまっている、たったひとりの人間。あるいはたったひとつの存在。あるいは「たしかな影」。石原はそのように自分の〈位置〉をあたえている。そのような存在に、「寂寥」といういかにも石原好みの言葉をあたえている。

石原吉郎の生涯のすべてが、「その河のほとりで一時間に十分づつ、猿のようにすわりこんでいた」姿に要約されうるという石原の言葉に倣っていえば、石原が残したラーゲリに関するエッセイのすべてがこの文章に集約されうるかもしれない。獲得しつづけることによって自己実現していくという方向とあたうかぎり対極の、いわば「確固たる無関心」と、「存在の放棄」によって喪失の果ての向こう側にまで足を踏み出しかけたひとつの存在。あるいは「たしかな影」。

私はアンガラ河――実際はその支流であるが――は見ているが、アンガラ河を併せてさらに北上するエニセイ河は見ていない。そしてエニセイ河がついに流入して、河としてのすべての経過を終るはずの北氷洋は、そのときの私にも、今の私にももはや幻想というほかないものである。

感傷めくが、原点を北に求め、その原点からさらに北へさかのぼろうとするとき、もはや幻想の領域でのそのひたすらな北上は、つねに深い疲労に結びついて行く。

疲労というとき、苦痛はすでにその終わりに近い。(略)疲労はむしろ救いとして、休息としてやってくる。

(「海への思想」)

ここで重要なことは、北上する幻視行が「つねに深い疲労に結びついて行く」ということであり、なおかつその「疲労」がある「救い」としてやってくるということである。むろんこの「疲労」は、即物的には肉体的・精神的な消耗の果てにもたらされたものにはちがいあるまい。けれどもその状態は、あくまでも仮生としての「存在」と仮死としての「存在性」がほとんど溶けあったかのような〈即融〉の状態のようにみえる。石原にとって「深い疲労」とは生と死の両義的な身体感覚を意味した。

＊

ただ、石原吉郎が「救い」という言葉にどんな意味を託したにしても（たんに肉体的な苦痛からの「救い」にすぎなかったかもしれない）、もしそれがあの無限救済に繋がる「救い」として考えられていたのなら、それはあくまでも負の救済であったといわなければならない。なぜなら「存在性」を仮死にいたらしめ、同時に「存在」をその最低水位（ただ存在しているだけ）にまで貶めるという代償を支払って、はじめてその「救い」がもたらされるからである。

しかし石原はこの負の救済（「深い疲労」）さえも、帰還船上で「幻想の海」の喪失とともに失った。ほとんど成就されたかにみえた〈即融〉はそこで決定的に崩壊し、「存在性」からふたたび引き裂かれた「存在」は、仮生から新たなる戦後の混沌の生へと存在化（再生）されてゆく。

もしそうだとするなら、そのとき存在を失った仮象としての存在性はどうなったのか。帰郷しなかったドン・キホーテのように、薄明のような仮死のままロシアの大地へ置き去りにされたのだろうか。

無謀な想定だと知りつつも、そのとおりだ、とわたしはいうほかはない。それが、帰還船上であの「とりもどすすべのない重さ」を実感した石原への、わたしなりの答えでなければならない。なるほどその実感とは、八年間にわたって石原吉郎という存在を支えていたものへの哀惜のような感情であったかもしれない。だがむしろそれは、「存在性」から引き裂かれた「存在」の痛覚のようなものだったというべきではないだろうか。

とするならば、さらにこう問わなければならぬ。もし「とりもどすすべ」があったのならはたして石原は、帰国後の生において、シベリアの地にうずくまったままのかつての「存在性」を、もう一度現在の「存在」にひきよせたかったのだろうか、と。

いや、あきらかに前言と矛盾せざるをえないけれども、それは途方もない問いというべきではないか。存在の痛覚が麻痺して新たなる存在化が「石女たちの庭」（戦後日本）で始められようとしたとき、どこまでも執拗にラーゲリの影を刻印された存在性は、仮死どころかその死滅さえもが願われたにちがいない。それはロシアの大地に熨斗（のし）をつけてでも埋葬されてしかるべきものだったはずなのだ。

けれど喪われたものは喪われてはじめて喪われる。帰国＝シベリアからの解放という獲得は、なにをどう拒絶しようとも、あるいはなにをどう納得しようとしても、同時に、帰国＝シベリアの喪失を意味するほかはなかった。そして「石女たちの庭」でシベリアそのものが無視されたとき、帰国＝シベリアからの解放という等式は瓦解して、一挙に帰国＝シベリアの再現前へと転化した。そのようにみえる。
もしもシベリアで生きた石原吉郎という存在性を救いだすのなら、シベリアの時空そのものを喪失の「影」から丸ごと救い出さなければならない。たとえそこでの救済が負の救済であったにせよ、「幻想の海」において〈即融〉が成されたかのような存在性を、ロシアの地へ置き去りにしなければならなかったことへの二律背反が、石原吉郎という存在を抜きがたく呪縛した。

＊

「サンチョ・パンサの帰郷」の第四連。

驢馬よ　いまよりのち
つつましく怠惰の主権を
回復するものよ
もはや　なんじの主人の安堵の夜へ
何ものものこしてはならぬ
何ものものこしてはならぬ

黄泉の国から常世に石原吉郎は帰還した。「何ものものこしてはならぬ／何ものものこしてはならぬ」という不吉なリフレインはだれの声か。どこから響いてくるのか。「何ものものこしてはならぬ」と二回繰り返される声は、その禁令とは裏腹に、誘惑以外のなにものでもない。

やがてこの声にうながされるかのように、いったん断ち切られたはずの仮死の存在性が、「主人の安堵の夜」（そこは「安堵」だがついに「夜」であるほかない。そして「夜」ではあるがそこでは「安堵」が保障されている）から、「石女たちの庭」に呼び込まれることになるだろう。あたかも「存在」がみずからの身体に刻みこまれた「存在性」の遠い記憶を無意識のうちに思いおこすように。そのとき失われたはずの「幻想の海」が、ひとすじの「河」となって石原吉郎の戦後の生のなかを流れるはじめる。存在を罰し、そしてみずからを罰しつづけるように。

第三章

非在　あるいは時

体験の事実と質量

ソルジェニツィンの『イワン・デニソーヴィチの一日』の最後は、「一日が、すこしも憂うつなところのない、ほとんど幸せとさえいえる一日がすぎ去ったのだ」という文章のあと、空白の一行をおいて、つぎの文章で終わっている。

こんな日が、彼の刑期のはじめから終りまでに、三千六百五十三日あった。閏年のために、三日のおまけがついたのだ……（木村浩訳）

震撼するまえに、あるいはしたあとに、わたしが心底うんざりしてしまうのは、このような「三千六百五十三日」というほとんど途方もない事実にたいしてである。その途方のなさとは、たとえば『イワン・デニソーヴィチの一日』を三千六百五十三回読みかえすほどの果てしのなさであるといってよいが（よくないか）、しかしたとえ三千六百五十三回読み返したところで、もちろん「イワン・デニソーヴィチ」の体験した事実の質量がわたしに落ちてくるわけではない。

けれど、もしもこの「三千六百五十三日」の一日一日が「イワン・デニソーヴィチの一日」で埋めつくされていないのならだれも驚きはしない。朝起きて学校に行き昼食を食べ家に帰り晩飯を食べ寝て起きて学校を卒業し会社に入り起きて職場に行き昼食を食べ家に帰り晩飯を食べ寝て起きてその間にたわいもない話をしスポーツをし音楽を聞き映画を見テレビを見恋をし旅行をし結婚をしまた起きて職場に行き昼食を食べ家に帰り晩飯を食べ寝て起きてという生活なら、あるいは子どもの世話をし買物に行き食事の支度をし掃除をし洗濯をしまた子どもの世話をし買物に行き食事の支度をし掃除をし洗濯をしてきた主婦の数十年間の生活なら、だれもが「三千六百五十三日」とはいわず五千日でも一万日でもつづけていることだ。そのようなうんざりするような一日と、「イワン・デニソーヴィチ」のうんざりするような「一日」といったいどこがちがうのか。

わたしが用意していた答えはこうだ。どんなちがいもない、と。石原に「強制された日常から」という題名のエッセイがある。たしかにかれの「一日」は「強制された日常」であり、わたしの「一日」は放恣な日常である。しかしそれでもなお、本質的にはどんなちがいもない、といいたい。これが正解でなければならない。

ところがわたしは自分のこの答えに納得しない。残りの半分でまったく納得しない。そうでありながら決定的に、絶対的にちがうのだ、といわなければとうてい納得することができない。そして、たしかに決定的にちがうのだ。これが「体験」という事態をまえにして、いまだにわたしにつづいている迷妄である。

＊

わたしはとんでもなく無意味な問題の立てかたをしているのかもしれない。そもそも「イワン・デニソーヴィチ」(もしくは石原吉郎)の「一日」と、わたしの「一日」を較べることにどんな意味があるのか。だがこんな迷妄はまだまだ無邪気なほうだ。そもそも「イワン・デニソーヴィチの一日」でさえものの数ではない、と内村剛介はいうのである。


シャラーモフに対してソルジェニツィンは一目も二目もおく。まずシャラーモフはラーゲリのモノ事をよく知っているからだ。彼の服役時期・刑期からしてそれは、ラーゲリの生は、ソルジェニツィンの比ではない。

シャラーモフの服役地はベーリング海に近いコルイマの金鉱である。時は三八年。スターリンの大粛清の折。当時は殴る蹴る屠殺するであって、これに較べるならのちの『イワン・デニソヴィチの一日』などまるで牧歌である。(略)石原やその他多くの日本人が一九四五年以後に投じられた条件はソルジェニツィンの条件、「デニソヴィチ」の条件からそうへだたってはいないので、シャラーモフの条件には比すべくもない。

(内村剛介『失語と断念』)

わたしには判断する知識も基準も比肩しうる体験もまったくないが、ほかならぬ内村がいうのであってみれば、なるほどソルジェニツィンの、ということは石原の収容所体験などは、三〇年代の状況に較べると「牧歌」のようなものであったかもしれない（内村はみずからを例外のように「石原やその他多くの日本人」と書いているが、むろん内村じしんも「その他多くの日本人」のうちのひとりでなくてはならないだろう）。

しかし内村のいいかたをさらに押しすすめるなら、そういう「シャラーモフ」の「条件」でさえもが、またほかのもっと過酷な「条件」によって相対化されてしまうほかないはずのものである。まさかとは思うものの、しかし「服役時期・刑期」などを云々する内村は、どうみても刑期の長さや犯罪の大きさを誇示しあう犯罪者の自慢話と大差ないことをいっている。「体験というのは、体験の現場にはない」といいつづけ、体験された事実の生（なま）の比較から最も遠いと思われた石原でさえもがついこのように口をすべらしてしまう。

あのひと（内村剛介……注）は禁固ですよね。禁固刑もつらいだろうと思うんです。ほとんどひとりでくらしたんですよね、あの十一年間。ぼくらは強制労働ですから、多勢でいっしょに暮らした。当然内容はちがってくるわけです。十一年間、壁ばっかり見て暮らしたっていうのはたいへんなことですよね。よく気が狂わなかったものだと思う。

（「日常を生きる困難」秋山駿との対談）

もっとも、「ぼくらは強制労働ですから」という言葉に、石原のかすかな対抗意識や優越意識が隠されていないわけでもない。たしかに抑留期間（刑期）の長さからいえば、内村剛介の十一年間は石原の八年間を凌駕している。しかしそれなら、あえて状況のちがいを捨象したうえで横井庄一や小野田寛郎を引証するといったいどういうことになるのか。だからなんなの、という言葉を呟きながら無限に進行する体験の相対化のなかでついに体験そのものを見失ってしまうのが落ちではないだろうか。

＊

体験が体験者から切りはなされて、体験された身体的な事実だけが取りだされる。その事実の酷薄、異常の度合いだけが比較考量され、それがふたたび体験者に還元されて、体験者じしんの人間的な凄さや深さと錯覚される。当事者じしんもまた錯覚する。これが「体験」につねにつきまとう迷妄である。身体的な事実に体験のいっさいの価値を見いだそうとする者は単純な体験至上主義者となり、それに高を括って自分の日常を盲目的に肯定して恬として恥じない者は単純な体験否定論者に陥ってしまう。

たしかに体験を身体的な事実だけに還元してしまえば、残るのは「イワン」の「三千六百五十三日」という事実であり、石原の「八年間」の「強制労働」という事実であり、内村の「十一年間」の「禁固」という事実だけである。しかしその身体的な事実だけを比較し優劣を競いあい序列化をすることは、基本的に貧乏自慢や病気自慢となんら変わるところがないのである。

石原吉郎もまた、「何らかの体験をした者にとっては」「体験したという〈事実〉がすべてだ」と書く。しかし同時に石原はこのように書くことを忘れてはいない。それは「例外なしに私たちが陥る落とし穴みたいなものだ」(「〈体験〉そのものの体験」)と。

石原のいう「事実」とはまずなによりも身体的な事実の質量のことである。その身体的な事実のないところにはどんな体験もはじまらないという意味では、たしかに「事実」こそがすべてであるだろうが、しかしその「事実」をいくら掘りかえしてみたところでそのなかにはなにもない、と石原はいっている。それはわたしたちが、とりわけ「極限」を体験した者たちが例外なく「陥る落とし穴みたいなものだ」と。

体験に一般的な体験はない。相対的な体験もない。体験とはつねに個別的であり絶対的である。また体験に抽象的な体験というものはない。つねに具体的であり身体的である。ようするにどのように瑣末な体験であっても、体験の身体的な事実の質量の絶対性は体験者にとってけっして動かすことのできないものだといってよい。

この次元において「イワン・デニソーヴィチの一日」と、わたしの怠惰な「一日」とはその絶対性においてまったく等価でなければならない。いうまでもなくその質量のちがいにおいて、身体図式の変容にちがいは生じるだろう。だがそのことと、それを比較考量し優劣を競いあい序列化することとは、本来なんの関係もないことである。

しかし身体的な事実の質量の絶対性とはいえ、どんな事実も事実じたいは消滅するものだ。「イワン・デニソーヴィチの一日」はおろか、「三千六百五十三日」という事実もまた過ぎてしまえばおよそ消滅するほかないものである。けれども問題なのは、その身体的な事実の質量の絶対性が身体化された記憶の絶対性として、ようするに観念的（精神的）な事実の質量の絶対性として身体化されるか否かである。

そして、その身体化された記憶の絶対性が性懲りもなく現在性として立ち現れてくるとき、その体験を担った存在の生にとっては、体験された意味の質量の絶対性がはじめて浮上してくる。みずからの観念図式（関係図式）の変容を迫ってくるものとして、である。体験に本質的な体験というものはない。しかし体験の本質ならありうるだろう。それを石原は〈体験〉そのものの体験（追体験）とよんだのである。

「石原吉郎」という体験

体験とはなにか、などという無差別な正面からの問いに正面から答えうる者など、だれひとりとしていはしない。石原が体験というとき、それはつねに強制された体験ということであり、なおかつ「石原吉郎」というたったひとりの体験のことを意味している。石原が生涯をかけて問いつづけたことは、その〈体験〉それじたいの体験（追体験）の意味である。

体験された身体的な事実の質量の比較考量や価値序列化はいくらなされてもかまわない。他愛もない自尊心や自慢話からどうしても脱却できないわたしたちにとって、それはやむをえない「落とし穴」でもあるだろう。しかしそれでもなお、その序列化や相対化を通りぬけて、体験をした〈私という体験〉は絶対性として残りつづける。「体験」そのものの体験とは、〈私という体験〉

の絶対性のことである。それは自分じしんを体験することにおける絶対性であり、「わたし」という存在とは、その〈私という体験〉を体験することにほかならない。

それが、極限でも、酷薄でも、異常でも、地獄でも、あるいは日常でも、平安でも、秩序でもよい。明言するが、わたしは石原吉郎が体験した強制収容所という事実の質量にうちのめされない。いや、ただ言葉を放りだすだけなら、わたしは口先だけでうちのめされたと書いてもよい。石原の体験どころか、アウシュヴィッツにも、南京虐殺にも、広島にもしこたまうちのめされたと書いてよい。しかし所詮それだけのことではないか。むろん、放りだされたその言葉の背後に多少の真実がないわけではない。だが結局は、わたしの退屈で平凡な日常の事実の質量が、ラーゲリの、アウシュヴィッツの、南京虐殺の、広島の事実の質量を致し方なく凌駕してしまうのだ。なんと日常性はふてぶてしく、なんと狡猾なことか。

もちろん、うちのめされるということもまた日常のかけがえのない体験にはちがいない。けれどもわたしはその日常性の事実の質量を、石原のいう〈原体験〉の質量にその場かぎりのわけしり顔で対置させたくないだけなのである。いかに想像力を働かせようと、いかに思想化しようとしても、俗にいう「追体験」という言葉が虚しいのはまさにこの時点においてなのである。

いうまでもなく、わたしが石原が生きたようにラーゲリを生きうるといいきることはできない。かれが耐えたように、わたしも耐えうるといいきる自信もない。しかしもしわたしがラーゲリに収容されたと仮定するなら、わたしはたぶんのたうちながらもわたしなりに生き、わたしなりに耐え、あるいはわたしなりに死んだにちがいないのだ。

人間性をもちつづけようとする奴は、みんなでよってたかって足蹴にした。一年を経てバム鉄道沿線の密林地帯から出てきた時、僕らはみんな老人のようにしわが寄り、人間を信じなくなり、生きるためにはなんでも平気でする男になっていた。（「こうして始まった」）

もしも石原が生きたのが極限であるなら、おなじような状況に放りこまれたとき、わたしもまたわたしなりにその極限を生き、あるいは死にうるはずではないだろうか。体験という事実の質量を貶めるのでもなく、また必要以上に過激化した言葉で飾りたてるのでもなく、いってしまえば、体験者の生における事実の質量とはそういうものではないだろうか。たとえわたしのなかから人間のクズが出現したとしても、である。

＊

石原吉郎は帰国後三年ほどのあいだ、「強制収容所での〈生の体験〉など」ほとんど問題にならないくらいの、「〈原体験〉に付随していたはずの数々の苦痛、不安、絶望感」に襲われつづけたという。石原みずからに、「私に、本当の意味でのシベリア体験が始まるのは、帰国後のことです」といわしめた「石原吉郎」という体験の闇である。

身体的な事実の質量を超えて、意味の質量が体験の前面に迫りだしてくる。それは石原にとって体験という事実が、強制収容所という事実である以上に、その事実を生きぬいてきた「石原吉郎」という事実であったことを意味している。石原は〈原体験〉を遠ざかった戦後において、「石原吉郎」という事実を体験しはじめる。それはまた「人間」という事実を体験するに等しいことでもあった。

私は八年間の抑留の後に、一切の〈体験〉を保留したという形で帰国したのですが、これに引き続く三年程の時間が現在の私をほとんど決定したように思います。この時期の苦痛に比べたら、強制収容所での〈生の体験〉なぞは、ほとんど問題ではないと言えます。この時期に、言わば肉体は解放され、精神は逆に拘束されるという形で〈体験〉が初めてその内容を与えられる訳ですけれど、その時初めて〈体験〉そのものに見合う混乱と苦痛が始まる訳です。

(「〈体験〉そのものの体験」)

「その時初めて〈体験〉そのものに見合う混乱と苦痛が始まる」という一点に限りなく小さな接線をひいてみる。そこでかろうじてわたしに落ちてくる理解は、この「苦痛、不安、絶望感」が、不可逆的な時間のなかで、「制度や体制、思想や人間」を呪詛しながらも、最終的にはかつて剝き出しの生を感受せざるをえなかった「石原吉郎」という存在が、いまもおなじ人間として生きながらえていることへの無限処罰としてやってきたのではないか、ということである。

そのとき「混乱を混乱のままで受けとめ」たはずの「詩」というかりそめの生の方法は、石原吉郎という存在を支えきることができずに、いわば〈原体験〉からの一方的な被関係化のなかで、ただうち顫え、自傷し、手ばなしにうずくまるほかなかった。みずからの存在を支えきり、〈原体験〉の体験に逆関係化しうるはずの存在性は、帰還した石原にはいまだに失われたままなのだ。石原はラーゲリの生をあたかも日常のごとくに生きればよかったが、いまやその日常を生きた自分という存在を、掛け値なしの戦後の日常の平安のなかで、まるで異常のように生きなければならなかったのである。

その死地を脱するために石原がみずからに課したことは、「石原吉郎」という存在を積極的に戦後の時空に馴致させることでもなければ、それにふさわしい新規の、戦後民主主義的な理念を即製で纏うことでもなかった。かれが愚直にも選んだことは、まずなによりも「外的な〈体験〉を内的に問い直し、問い直す主体とも言えるものを確立する」ことであった。

〈体験〉の現場では、〈体験〉の主体は冷静ではあり得ない。その判断は多かれ少なかれ、混乱しており、極端な場合には主体そのものが喪失しており、しかもその喪失した状態がそれ以後も、持続していることが多いからです。したがってそれが本来の大きさと深さで受け止められるためには、何よりも主体の回復、それからそれを考えるための言葉の回復、それからその回復のための時間が必要だ、と私自身の通ってきた経過から考える訳です。（同前）

しかし、いったいなんのために。「真に体験の名に値する体験とは、外側の体験をはるかに遠ざかった時点で、初めてその内的な問い直しとして始まる」と石原は書いている。しかし、「真に体験の名に値する体験」などどうでもよいことではないか。いったいそれがなんのために「内的な問い直しとして始ま」らなければならなかったのか。

石原はそれをみずから望んだのではなかったと言う。「真剣な問題であるかぎり、人間は本来これに耐えるようにはできていないのだ。にもかかわらず、ついに問題に追いすがられるなら、さらに逃避するために、しばらくはこれと向きあわざるをえない」(「『望郷と海』について」)のだ、と。「シベリア体験」の真の悲惨はここにあるというべきだ。いくら逃避しようとしても「シベリア」が追いかけてくる。「つつましく怠惰の主権を／回復するものよ」、おまえはいったい何者だ、それがおまえの欲した自由だったのか、というように。そして、「あゝ／おまへはなにをして来ただ」(中原中也)というように。

決定的なことは、「シベリア」に「私が適応したという事実、私が生きて帰って来たという事実」が追撃してくることだ。そしてついに、その「事実の納得と承認」をするために、追いすがられた石原は、「生きて帰って来たという事実そのものが、のがれがたく堕落であるという地点まで一度は自分を追いつめなければならないのではないか」とみずからを追いつめてゆく。

「堕落はゆるされるか」というような地点から、私はものを考えようとは思わない。私にとって重要なことは、私が適応したという事実、私が生きて帰って来たという事実の納得と承認である。生きて帰って来たという事実そのものが、のがれがたく堕落であるという地点まで一度は自分を追いつめなければならないのではないか。

(「『望郷と海』について」)

「集団のなかには問いつめるべき自我が存在しない」（「強制された日常から」傍点原文）と考える石原にとって、すべての問いなおしが収斂するのは、ようするに「私」が適応したという事実、「私」が生きて帰ってきたという事実である。「人間が欠落そのものとなって存在を強制される場所」（「無感動の現場から」傍点原文）にみずから適応していった「私」という事実、その「私」が生きて帰ってきたという事実と、その人間から「欠落」したはずの「私」がいまもなお人間として生きているという事実との落差が、石原にはどうしても理解できなかった。許されざることであった。「苦痛、不安、絶望感」とは、その「事実の納得と承認」がどうしても石原に落ちてこなかったことを意味している。「石原吉郎」という存在への無限処罰がこれらの事実の間に楔のように打ちこまれていたからだ。

戦後日本が、「私が適応したという事実、私が生きて帰って来たという事実」の「納得と承認」に一瞥さえあたえなかったことはすでにふれたとおりである。だが、「シベリア」があくまでも「石原吉郎」という存在の体験であったかぎり、いずれにしても石原はみずからに自分じしんで「納得と承認」をあたえるほかはなかったのだ。

「〈生きていてよかった〉というような言葉は、私には嘲弄以外のなにものでもない」と言ってのけた石原にとって、しかし「問い直す主体とも言えるものを確立する」ことなどほとんど不可能なことであった。その「問い直す主体」とはけっして今あるがままの「私」ではない。〈原体験〉を一度担ったかつての存在性をもう一度目のまえに引き据え、その存在性みずからに〈原体験〉を一から問いなおさせることによって、今あるがままの「私」がさらにその存在性を問いなおしうるまでに自己関係化されてゆくこと、それこそが「外的な〈体験〉を内的に問い直」しうる「主体」でなければならなかった。

こんなアクロバットみたいな観念操作が人間にできるはずがない。「生きて帰って来たという事実そのものが、のがれがたく堕落であるという地点まで」自分を追いつめて、その地点から石原はどこに帰ってくることができたのか。どのような「納得と承認」がもたらされうると考えたのか。「生きて帰って来たという事実」そのものが消し去られないかぎり、その「地点」は行き止まりの終点でなければならなかったはずなのだ。

僕にとって、およそ生涯の事件といえるものは、一九四九年から五〇年へかけての一年余のあいだに、悉く起こってしまったといえる。そしてこの一年によって、生涯の重さが決定してしまったと考えるとき、僕の人生は頽廃せざるをえない。現にそのようにして、僕自身の生涯は頽廃しつつある。なにゆえに頽廃するのか。それは現在の僕自身のどのような行動も、なにひとつこの重さにつけ加えることができないからである。さらに、これらの事件が全く僕ひとりの事件であり、その体験は全くその位置で固定し、およそいかなる展開も持たず、またいかなる連帯をも保障することがないからである。(「一九五九年から一九六二年までのノートから」)

痛哭である。こんな悲痛な文章をわたしはほとんど読んだことがない。「一九四九年から五〇年へかけての一年余」が、重労働二十五年の判決後、バム鉄道沿線の密林地帯で強制労働に従事した一年間を指しているのはいうまでもない。その一年余のあいだに「悉く起こってしまった」という「生涯の事件」とはいったいどういうことなのか。

わたしの第一声は、わからない、である。わかるはずがない。そのあとで無理にいうなら、「石原吉郎」という存在の事件のことだ、というほかはない。「石原吉郎」という存在から「人間」が失墜したという物語だ。それでもなおその失墜した存在から、ふたたび「人間」が頭をもたげ、性懲りもなく「石原吉郎」という名前を主張しているという物語である（注4）。

この事件が「石原吉郎」というひとつの存在をめぐる事件であったと認識するかぎりにおいて、石原はついに「なにひとつこの重さにつけ加えることができ」なかった。だがそのことが石原の悲惨なのではなかった。そんなことは問題ではない。石原は懸命になにかを「この重さにつけ加え」ようとした。その行為そのものが石原の、そういってよければ悲惨なのだ。そしてそういってよければ、それが石原吉郎の誠実だったというべきだ。

（注4）前出『石原吉郎「昭和」の旅』にこのような記述がある。

帰国から数年後、石原はある日、林秀彦氏（ハルピン機関での同僚……注）を訪ねて酒を飲み、酔いつぶれてこのようにもらしたという。「おれも、一番苦しいときは、人を売ったからな」。それは林氏が耳にした「石原吉郎の最もいたましい言葉だったという」。林氏はまた、バムのラーゲリで起こったことについて、石原の話のなかには「到底筆に出来ないようなこと」もあったが、当然、石原はそのことを書いていない、という。

問いなおす者と問いなおされる者

わたしたちはその試行錯誤の悪戦の記録を、克明に記されようとしたかれの「一九五六年から一九五八年までのノートから」のなかに辿ることができる。ちなみに「一九五六年」という年は、石原が帰国後最も苦痛であったという三年間の三年目にあたる年である。そうするとこの時期には石原がその混乱と苦痛からわずかに恢復しつつあったと推測されるのだが、そのような気配はいっさい窺うことができない。

「一九五六年から一九五八年までのノートから」の冒頭には、「思い立って、帰還以来の日記を全部焼却した」と記されている。監視兵の目を盗んで書き留められた収容所生活の手帳はハバロフスクの建築中の建物のなかに石原じしんの手で塗りこめられ、そしてまた、帰還後のこの「決定的な三年間にとられたノートも焼却された。「こういう行為は、今も昔も変らぬ私の感傷である。しかし一つの感傷によって、数々のふるい感傷を忘れることができるなら、私の感傷も多少は新しいはずだ」と石原は書いている。

それは古い言葉を葬り去り、少なくともこの年から、「混乱を混乱のままで受けとめる」ための新しい言葉を獲得することによって〈原体験〉を問いなおそうとした決意であったといってよい。「新しい問題を語るためには、新しい言葉が必要である」(4・3)(「一九五九年から一九六二年までのノートから」)と書かれたように、そのような言葉の獲得なしでは〈原体験〉を問い直すことができなかった。その石原の決意を書きうつしてみる。

……今の私は、たしかに人目にも分かるほど衰弱している。精神も。健康も。ただ忍耐づよい努力によってのみ、私は、しっかりとした自らの孤独な世界を確立して行けるのである。

この救いがたい敗北感は、どんなにしても克服してしまわなければならぬ。今年は決断の年である。この一年に私は一切を賭けねばならぬ。残された人生は短い。不必要な一切の享楽から遠ざかり、固く己の孤独に立ち、負うべき苦悩にはしっかりと耐え、勇者の如く滅んで行かねばならぬ。

（1・1）

決意とはつねにこのようなものでしかありえないということを差し引いてみても、紋切り型の、見様によっては人生に思い悩む一昔前の青年が書いたとも見えかねない文章である。しかしこれから人生に見参していこうとする青年なら、まちがっても「勇者の如く滅んで行かねばならぬ」という言葉だけは書かないだろう。

この決意をそのまま受けとめるならば、ここに書かれていることは、ひたすら自分一個に凝縮していくことによって確固たる「主体」を樹ち立てんとする意志であり、そのためには自己解体をも辞せぬ決意である。だが石原はあきらかに〈追体験〉が両刃の剣であることを知りぬいている。かつて「シベリア」にあった存在性が、今あるがままの「私」を主体化するどころか、逆に刺し貫いてくるかもしれないということを予感しているといってもいい。この戦さは援軍もなければ補給路も絶たれた、まるで「滅んで行」くことが戦うまえから自明のような戦さだったのである。

石原の「ノート」は前掲のほかに、「一九五九年から一九六二年までのノートから」と「一九六三年以後のノートから」があり、それに付随するものとしてはさらに「メモ（一九七二年～一九七三年）」が残されている。これらの「ノート」群は、そのままでこの不可能な戦さの敗戦記録だ。そこにわたしたちが読むのは、衰弱してゆく思考の過程と、それを肯んじまいとするかのように次から次へと断定の文体を繰りだしてゆく石原吉郎の、疲労とも憤怒とも諦念ともつかぬ混沌とした姿である。

たとえばつぎのようにやせ細った言葉は、この「ノート」が書き始められた頃の緻密で粘り強い文体に較べると、ほとんど信じられないくらいの衰弱ぶりを示している。

肉体が担った苦痛だけが責任の名に値する。責任を負うとは、体刑を負うことだ。（4・9）

待望としての終末。（4・28）

希望を捨てるという希望が、まだ残っている。（5・13）

吐き気を吐く。それがわれわれの時代だ。（8・21）

（「メモ（一九七二年～一九七三年）」）

箴言といったなまぬるいものではない。釘のような一行詩。なまなかな言葉に石原は焦れている。一本の釘のような言葉を思いきり自分に打ちこむ。これでもか、というようにめくらめっぽうに次々と打ちこんでゆく。それでなければ到底自分の内部の焦燥や虚無や絶望と釣合いがとれないとでもいいたそうに。

しかしそのいずれもがことごとく急所をはずれてゆく。釘のつもりが細い針金のようにくにゃりと曲がってしまう。もはや衰弱という言葉を思い浮かべずにこの石原の鋳物めいた言葉を読みすすむことはできない。見えるのは敗残兵としての石原の姿だけだ。

もしも「問い直す主体」だけが真に確立されたのであってみれば、石原はすくなくとも戦中と戦後の生を、順接した連続性として生きることができたはずである。にもかかわらず石原がその最後の一呼吸にいたるまでなにかに追い縋（すが）られ、追い縋りつづけたようにみえるのはなぜか。いいかえれば、かれの戦後の生が逆接された連続性としてしかみえないのはなぜか。

たぶんこういってよいのかもしれない。石原は「問い直す主体」を確立してゆく過程で、はからずも問いなおされる主体をこそ確立してしまったのだ、と。極度の「苦痛、不安、絶望感」のなかで、「問い直す主体」を織るために〈原体験〉の糸を一本一本紡ぎはじめたとき、かれが結果的に織ってしまったのは問いなおされる主体という逆説の織物だったのである。「問い直す」はずの主体が逆に問いなおされ、問いなおされるはずの主体がみずからを「問い直す」という相互陥入する、ふたつにしてひとつの矛盾する主体のあいだで、石原は立ちつくした。

そして〈原体験〉を問えば問うほどに、「苦痛、不安、絶望感」は癒されるどころか、むしろその逆に石原を出口なしの自己関係性の密室に封じ込めた。しかしそうであればあるほど、救済への希求もまたほとんど祈りの次元にまで高められていったにちがいなかった。

だが「問い直す」はずの主体を、無限処罰を負わせるべき問いなおされる主体に陥入させ、その問いなおされる主体を、ふたたび無限救済に照らしだされるべき「問い直す主体」に陥入させる、このふたつにしてひとつの主体とはなんなのか。つまり戦後の日常性に住まうなけなしの存在性が、まるで無謬のように主体化してゆくことを禁じながら、逆にみずからの円還運動のなかに引き入れようとした主体とはなにか。もはやそれは、「幻想の海」の喪失とともにロシアの大地へ置き去りにされたあの「存在性」以外にはありえない。

*

香月泰男の作品に「日本海」と題された大部の油彩がある。「日本海」という題名とは裏腹に、真っ青な日本海が描かれているのはカンバス上部のわずか四分の一ほどでしかない。残された大半の部分には、ナホトカの丘に埋葬されたひとりの日本人の姿が黒一色によって厚く塗りこめられている。死者は折り曲げた両手を腹のうえで交差したまま、「日本海」に背を向けて横たわっている。まったくの牽強付会にすぎないが、わたしは石原の「ロシヤの大地に置き去りにしたとりもどすすべのない重さ」という言葉をイメージするとき、むしろ石原にとって象徴的なこの一枚の絵を思い出さないわけにはいかない。

香月泰男の全五十七点を数える〈シベリア・シリーズ〉の作品の特徴は、黒炭の微粉末を混ぜた黒色（とイエロー・オーカー）を基調としたいわゆる「黒のマチエール」によって描かれていることにある。

「復員〈タラップ〉」という作品には、題名どおり、舞鶴港に入港し、手を振りながらタラップを伝わり降りている数名の復員兵たちの表情が描かれているが、〈シベリア・シリーズ〉通じてはじめて、ここに描かれた兵隊たちは大きく眼を開き、口を開いている。声が響き言葉が放たれている。だが注目すべきことは、ここでも「黒のマチエール」はそのまま一点の変更もなく貫かれていることだ。開かれた眼と口が復員兵たちの歓喜を表現しているとすれば、「黒のマチエール」はその表情をかき消すほどの不安を意味していると理解することも可能だろう。この作品に添えられた画家自身の「言葉書き」にはつぎのように書かれている。

ゆれるタラップを踏みしめ、港に集まる人々をみた時、ふと自分が亡霊のように思えた。自分の前の男も、後ろの男も亡霊のような気がした。なぜだろうか。自分が亡霊というより、背中に亡霊を背負っている感じだったかもしれない。セーヤで死んだ30人あまりの仲間の亡霊が、いっしょにこの船に乗って、帰って来たのかも知れない。

（『香月泰男〈シベリア・シリーズ〉展』カタログから）

たとえそれが自分の亡霊であろうと仲間の亡霊であろうと、石原吉郎もそれといっしょに復員してくることができればよかった。

ラーゲリの影を刻印され、負の〈即融〉に限りなく接近した記憶をもつあの仮死とも仮生ともつかぬ「存在性」が、海を越えて石原の戦後に連続化された。すなわち石原は戦後日本のなかで、いながらにしてその「存在性」を生きはじめたのだ。そのとき石原の「外的な〈体験〉」は、その〈原体験〉を体験した「私」という体験に転位されて、白日のような戦後の時間に逆接されたのである。それはいってみれば、「存在」の青天の帰還につぐ（身体が帰ってきたという事実）、石原吉郎の、いまふたたびの密航のような観念の帰還だ。

おそらくこの無意識の仮死とも仮生ともつかぬ「存在性」の帰還は、帰国直後における時空感覚の急激な落差のただなかで、詩によってまがりなりにもイメージ的な対象化が開始されたときから、あたかも息を吹きかえすようにして徐々に蘇生していった、とわたしには思える。しかしその帰還を決定づけた最大の契機は、癒されることのない喪失感に晒された「存在」が、戦後日本に拮抗し、なによりもみずからの生を支えるために、不可避的に抱かざるを得なかった明確なる「存在性」への渇望である。

もはや志向すべき「海」も「陸」も失った「存在性」が、戦後日本の時空のなかで生きる資格も権利もないと悟らざるをえなかったとき、石原はあのアンガラ河の一支流のあの非在の時空を無意識のうちに志向したのではなかっただろうか。こんなはずではなかった、と石原は狼狽したはずだ。それと同時に、「Vot tak！（そんなことだと思った）」（「棒をのんだ話」）と、またしてもあの「深い疲労」にとらわれたのかもしれなかった。

〈最もよき私〉とはだれか

石原が「シベリア」に釘づけにされていたことを示す一文がある。

……国会議事堂前庭の一角にある日本水準原点標の標識の文字が北を向いていることを知った時、非常に感動しました。それは結局、自分の原点を決定したものをそこに見たからです。自分の考えをたてるにしても自分の姿勢をたてるにしても、一回北の方向へ遡らないと、それができない精神構造になってしまったわけです。（略）本能的にそうなるのです。（「二つの海」）

石原吉郎がほんとうには〈帰還しなかった〉という指摘は、べつに新しいことでも珍しいものでもない。観念がみずからの出自を尋ねあぐねて遠隔に走る。いかにその近傍に新しい生息地を捜し求めようと、おまえが生まれたのはここではないというように、観念そのものがそりかえってしまうのだ。清水昶もまたこのように書いている。

戦後、依然として死の影に憑かれながら生き残っている石原吉郎の「時」は、あの絶対の「やすらぎ」の正体は何であったのかを何回も確認するために、いわば幻想と化しながら、なおもリアリティが生まなましく憑きまとっているシベリヤの「原点」に発想の主題を求めていくのだ。

時は過ぎても、シベリヤの原点は不動であり、石原吉郎は日本を生きながら同時に日本の内なるシベリヤの風土をかたくななまでに生きぬいていく。

（清水昶『石原吉郎』）

「日本の内なるシベリヤの風土」というような紋切り型の表現をわたしは好まないが、基本的には清水のこの論旨に同意する。だが、なぜ「リアリティが生まなましく憑きまとっている」という理由だけで「シベリア」へと還帰してゆくのか。石原吉郎じしんにいわせればその理由ははっきりしている。「最もよき私自身」が「シベリア」から帰ってこなかったからだというのだ。けれどもわたしは納得しない。いったいそれが、「私が適応したという事実、私が帰って来たという事実」の「納得と承認」が、どのようにしても自分に落ちてこないことの最大因だとでもいうのだろうか。わたしはふたたび納得しない。

石原の第一詩集『サンチョ・パンサの帰郷』のあとがきの全文を引用してみる。

〈すなわち最もよき人びとは帰っては来なかった〉。〈夜と霧〉の冒頭へフランクルがさし挿んだこの言葉を、かつて疼くような思いで読んだ。あるいは、こういうこともできるであろう。〈最もよき私自身も帰っては来なかった〉と。今なお私が、異常なまでにシベリアに執着する理由は、ただひとつそのことによる、わたしにとって人間と自由とは、ただシベリアにしか存在しない（もっと正確には、シベリアの強制収容所にしか存在しない）。日のあけくれがじかに不条理である場所で、人間は初めて自由に未来を想いえがくことができるであろう。条件のなかで人間として立つのではなく、直接に人間としてうずくまる場所。それが私にとってのシベリアの意味であり、そのような場所でじかに自分自身と肩をふれあった記憶が、〈人間であった〉という、私にとってかけがえのない出来事の内容である。（傍点原文）

ちなみに、フランクルの該当部分はこのように書かれている。

全く幾多の幸福な偶然、あるいは――そう呼びたいならば――神の奇跡によって、生命を全うして帰ってきたわれわれすべては、その事（四人の中に「良心なく、暴力、窃盗、その他不正な手段を用い、それどころか同僚を売ることさえひるまなかった人々がいた」ということ……注）を知っており、次のように安んじて言いうるのである。すなわち最も良き人々は帰ってこなかった。（E・フランクル『夜と霧』霜山徳爾訳）

あきらかなように、フランクル自身には〈最もよき私自身も帰っては来なかった〉という発想はまったくない。そもそもフランクルの「最も良き人々は帰ってこなかった」という言葉さえ、わたしにはレトリックとしか受けとれない。優れたレトリックだとは思うが、事実は「良心なく、暴力、窃盗、その他不正な手段を用い、それどころか同僚を売ることさえひるまなかった人々」も帰ってこなかったはずだからだ。

石原吉郎は、「すなわち最も良き人々は帰ってこなかった」人びとのなかのひとりに、〈最もよき私自身〉＝石原吉郎じしんをも数えたのだろうか。そうかもしれなかった。しかしわたしにはそれは、ただフランクルのレトリックにすがりついただけの言葉としか思えないのである。〈最もよき私自身〉というものは存在しない。もし存在しえたとするなら、鮎川信夫が、石原吉郎は強制収容所を「偽装された祝福」に変えてしまったと言ったおなじ意味で、偽装された最もよき石原吉郎が存在したにすぎない。

それは、「あなた」や「私」であるまえの抽象的な「人間」なんかではない。非人間的で、いいなりに堕落し、妬み、怨み、絶望し、重労働を課され、拘束に締めあげられ、銃で監視され、酷寒の自然条件下に無防備に晒され、「対峙」を余儀なくされ、シジフォス的な時間のなかで精神も肉体も頽廃した世界で、まさにそれにふさわしく馴致した剝きだしの「私」（石原吉郎）こそが〈最もよき私自身〉であったはずなのだ。さらにいえば、そのような「私」に無限責任を負わせ、無限処罰を課し、そして無限救済を祈った帰還後の石原こそが〈最もよき私自身〉であった。

もしも、シベリアが「条件のなかで人間として立つのではなく、直接に人間としてうずくまる場所」であったという石原の言葉を信じるなら、石原は「石原吉郎」という名前をそこで喪失したというに等しい。だがどのような状況下にあろうとも、人間がつねに「人間」であり続けることなど、いいかえれば「自分で自分を持ち上げる」（佐々木幹郎）ことなどできる相談ではない。「そのような場所でじかに自分自身と肩をふれあった記憶が、〈人間であった〉という、私にとってかけがえのない出来事の内容である」という文章のわかりにくさは、「〈人間であった〉という」という挿入句のわかりにくさからきている。石原は、シベリアの強制収容所で、はじめていっさいの条件をはぎとられた〈人間〉というものを見た、といいたかったのかもしれない。けれどもそれがほんとうに「〈人間であった〉という」ことなのか。石原の錯誤は、「条件のなかで人間として立つのではなく、直接に人間としてうずくまる」人間が〈人間であった〉ととらえられていることだ。「そのような場所でじかに自分自身と肩をふれあった」という部分の「じかに」という言葉は、「人間」と「石原吉郎」の分裂を示している。

「わたしにとって人間と自由とは、ただシベリアにしか存在しない（もっと正確には、シベリアの強制収容所にしか存在しない）」という言葉は、石原にとってはおそらく逆説でもなんでもなかった。「人間と自由」という概念がもはや再起できないほどに転倒しているのである。だが石原の混乱は、まさしく「私」の問題が「人間」に流れ込み、逆に「人間」の問題が「私」に流れこんで収拾がつかなくなっているところにあった。石原はただひと言、おれにはいっさいの責任がない、と言い、人間なんかおれの知ったことか、と言いきれればよかったのだ。

どこにも存在しない場所、何者でもない自分

内村剛介はこのように書いている。

……石原はなるほど、日本へ帰って、日本で、日本語で、書いたりしたが、シベリアに立ちつくしていたのだ。彼はもう日本人ではなかったし、またシベリアの人、シベリアのロシヤ人でもなかった。彼はシベリアに在りつづけるのだが、そのシベリアはロシヤでもなく日本人で

もなかったということになる。それは石原一箇にとっての時空、それだけのもの、というべきなのであって、ひとはほかに名付けようがないばかりに、「石原はシベリアに在った」というだけのはなしである。

（内村剛介『失語と断念』）

わたしたちが、石原が「シベリアに立ちつくしていた」というのは苦し紛れのレトリックでしかない、と内村はいっている。「それは石原一箇にとっての時空、それだけのもの、というべきなの」だ、と。喩としてのシベリア。喩としてのラーゲリ。

石原がコミュニストのくにの時空を超えたところで何ものかに拠ろうとしたことは明らかである。石原には彼固有の土着が必要であった。Nowhere としての土着。そのようなものが果たして可能かどうか知らぬが、ともあれ石原にとって土着すべきところはシベリアでないことはたしかである。さりとて日本であることも出来ない。Nowhere としての土着。Nowhere とはつまるところユートピアであろう。だがユートピアは「どこでもないところ」として空間にかかわるだけのものだ。ところが石原はどこのどの空間にも満足しない。ならば時空の果てにどのようにかして突き抜けるほかなかろう。

（前掲書）

内村剛介の石原吉郎論をわたしは全体としてあまり喜ばなかったが、この箇所だけは掛け値なしに優れている。石原の土着すべき場所は「無いものねだりの Nowhere」なのだと内村はいっている。もしもありえたとして、たぶんその場所こそが石原にとって〈最もよき私自身〉が生きられうる場所であったことに疑いはない。石原は幼少年期から生涯をかけてその「Nowhere」を希求したといってもけっしていいすぎではない。

「石原一箇にとっての時空」とは、もはや極寒の自然やマロースやタイガではない。むしろそれらが強いてくる「倫理」であり「寂寥」である。時間を奪われ、酷使され、相互監視に晒された収容所生活ではない。むしろ「不自由としての自由」である。強制と阿諛と怨嗟に満ちた民主化教育ではまったくない。むしろ「失語」であり「断念」である。銃によって人間性を否認し堕落させるシステムではない。むしろ「単独者」という存在性の問題である。

神山睦美は、内村が「Nowhere」といったところを、「空孔」といっている。けれどもこれはおよそ正反対のことではないだろうか。「Nowhere」とはたんに非在を指し示すだけの概念ではなく、非在であると同時に偏在する場所のことだ。これに反し、神山のいう「空孔」とは、たんなる欠如、空白、うろを意味しているにすぎない。

……石原の存在の与件はあくまでも〈成熟しないこと〉であって、〈未成熟〉とは根本的に異なる。成熟しないという石原の存在の選択は、「生母の愛」の欠如に発するものではあっても、決してそれに還元することのできない観念の領域を形成していたのである。石原は、この欠如に執することによって、むしろ〈未成熟〉を排した。のみならず、おのれの〈性〉の欠如に執着することは、〈性〉的な関係に空孔を穿ってしまうという資性をはぐくんだのである。石原にとって、この資性は、ゆいいつ自己なる観念が引き寄せる空虚性という点においてのみ意味をなした。

（神山睦美「石原吉郎・自己聖化と無垢」『成熟の表情』所収）

「ゆいいつ自己なる観念が引き寄せる空虚性という点」は、それもいうならむしろ「ゆいいつ空虚性という観念が引き寄せる自己性」というべきであろう。「石原の存在の与件はあくまでも〈成熟しないこと〉」（成熟しえないこと、のほうがたぶん正しい）、あるいは石原の詩に〈成熟〉がない、という神山の指摘はある意味で当たっている。しかしそれは神山のいうように「成熟しないという石原の存在の選択」によるものではない。石原はけっして「存在の選択」によって立ったことはなかった。石原が「存在の選択」に立とうとすると、きまって石原じしんが「選択」されてしまうのが石原の関係性だったからである。わたしならむしろこういいたいと思う。石原の存在の与件はあくまでも〈関係しえないこと〉であった、と。

石原吉郎という「存在」の自己関係化の一方には「石原吉郎」という「存在性」があり、もう一方には直接的な「人間」（の場所）という「存在性」がある。そしてもしも、この直接的な「人間」（の場所）というものが「Nowhere」な空虚であるとするなら、零になにを乗じても零でしかないように、石原の自己関係化はどこまでいっても空虚であるほかはなかった。

にもかかわらず石原はそのような自己関係化に固執した。いや固執せざるをえなかった。そしてそのような自分を同時に徹底して嫌いぬいたのだ。それを神山のように「〈性〉の宿命」と呼べばそうである。だが、直接的な「人間」（の場所）という「Nowhere」な空虚は、石原にとって喪失を塞ぐ唯一の手立てであり、それをはずしてしまうと、いかようにも癒しようのない絶対的な喪失感が一挙に噴出してくるのだ。

私が理想とする世界とは、すべての人が苦行者のように、重い憂愁と忍苦の表情を浮かべている世界である。それ以外の世界は、私にはゆるすことのできないものである。（2・5）

（「一九五六年から一九五八年までのノートから」）

喪失を覆いつくす「Nowhere」である。だが「理想とする世界」は同時に、石原にとってはもっとも唾棄すべき「世界」でなければならなかった。帰還を遂げた亡霊のような「存在性」がもっとも理想的な存在性であったと同時に、もっとも許すことのできない「存在性」でなければならなかったようにである。

割る。人間を割る。一人一人バラバラに人間を割る。最後に残ったその商をまた割ると、一体どういうことになるのだろうか。自分は、一体どこに住んでいるということになるのだろうか。

（辻章『逆羽』）

わたしたち自身のなかから、まず近代的な自由を「マロース」のなかで剝ぎとる。つぎに人間的な諸権利をいっさい残らず「割る」。そいつを「鉄条網」のような寸秒刻みの秩序で締めあげる。

文字どおり衣食住を「ツンドラ」のうえで剝奪する。機関銃の前でたったひとつの言葉をも封じこめる。ようするに歴史を抹殺する。共同性をばらばらの個に分解して歴史以前に叩きかえす。そこが「Nowhere」だ。

だがどこまで割っていっても割りきれぬ。もし「最後に残ったその商」が割られうるのなら、たぶんそこが自分の「名前」を失うことになる地点である。すなわち「Nowhere」に住むNobody。すなわち世界から忘れられた存在。どこにも存在しない場所に存在する何者でもない自分。その「Nowhere」に住むNobodyを石原は〈人間〉と呼んだ。

第四章

関係　あるいは点

「位置」とはなにか

しずかな肩には
声だけがならぶのではない
声よりも近く
敵がならぶのだ

と、書きはじめられる「位置」という詩は、最も石原吉郎的な作品のひとつである。作品じたいの傑出性（ほとんど完璧な作品であるといっていい）もさることながら、詩中で三回認（したた）められる「位置」という言葉が、序破急といった趣きで徐々に機能的な識閾（しきいき）をこえ、ほとんど思想的といっていいほどの過剰な意味を帯びることによって、まさしく特権的な作品となった。

このようにつづけられる。「序」としての最初の「位置」が記される。

勇敢な　男たちが目指す位置は
その右でも　おそらく
そのひだりでもない

「位置」はまだ曖昧である。目指される意志の強さだけが際立っているだけで、「位置」そのものはいまだ確定もされていなければ承認もされてはいない。

本来ひとつの流れとして読まれるべき詩を、このように不様な仕方で引用することを石原に詫びなければならないが、とり急ぎ後半の核心部分を最後まで引用する。

無防備の空がついに撓み
正午の弓となる位置で
君は呼吸し
かつ挨拶せよ
君の位置からの　それが
最もすぐれた姿勢である

「破」として示される、「無防備の空がついに撓み／正午の弓となる位置」は、いったん明晰のなかの混沌、混沌のなかの明晰といった不分明なかたちをとるかにみえるが、最後の「急」としての「位置」、すなわち「君の位置」という言葉が一気にその傾きを垂直に立てなおすべくより直截に反復されて、わたしは息が詰まるほどの静かな衝迫を受けとる。

石原吉郎にとって、詩が無秩序と秩序のあわいにおいて発生したと考えられるように、また「海」が彼岸と此岸の、「幻想の海」が仮生と仮死の、「沈黙」が発語と失語の、「単独者」が共同性と個の、そして晩年の〈切腹の擬式〉が処罰と救済のあわいで生じたと考えられるように、石原吉郎の存在性はつねに、相対する二極が融合しかつ遊離する境界線上に不安な表情をたたえて位置している。

「位置」という意味（概念）もまたその例外ではない。石原はその生涯を通じてみずからの確固たる「位置」を獲得したことはなかった。むろん確固たる「位置」を獲得している人間などざらにいようとも思われないが、しかしわたしたちはふつう石原が望んだようには自分の「位置」などに拘泥しないものだ。そもそも「位置」などという概念そのものがこのふやけきったわたしたちの日常にやってきはしない。

みられるように詩一篇はきわめて簡潔である。論理的な構成からいえばほんとうはうまく繫がっていないようにも見えるのだが、しかしイメージの構成としては一点の破綻もないと断言してよいこの短い詩のなかに、石原の関係性としての「位置」が最もよく現れている。「勇敢な　男たちが目指す位置は／その右でも　おそらく／そのひだりでもない」。むろん、その上でも下でもないだろう。必要とされたのはたぶん「位置」という言葉の焦点に収斂してゆく明晰で確固としたイメージだけなのだ。だから「無防備の空がついに撓み／正午の弓となる位置」とはいったいどういう「位置」なのか、などと問うことは愚直をとおりこしていっそ野暮というものだ。

「聖書とことば」というエッセイのなかで、「聖書との邂逅を決定的にしたものは文語調の格調の高さ」であったと石原は書いているが、選びぬかれた言葉と、一点の破綻もなく構成された「格調」の高い詩型とリズムのなかで、「位置」という言葉はたしかにその特権性を獲得している。「無防備の空」といい「正午の弓」という。「呼吸し」かつ「挨拶せよ」という。あるいはまた「最もすぐれた姿勢」という。けれどもこれらの言葉に微細な意味を読みこんでいくことはあまり意味のないことだ、とわたしにはおもわれる。むしろその「格調」の高い言葉と詩型とリズムによって屹立してくる毅然としたイメージの方向が感受されうるなら、この詩の読まれかたにおいては格別の不服はないのではないかという気がする。いってみればこの詩の美意識それ自体が石原の「位置」をあきらかにしているのであって、「位置」という言葉がなんらかの意味や思想を獲得しているわけではない（注5）。

＊

けれどもこのような理解にたいして、だれよりも不服なのは石原吉郎じしんかもしれない。石原があらためて「位置」という言葉に託した意味を自問自答したときに、かれはつぎのような自己解説を施した。

「位置」という言葉が、どこから出て来たのかと考えてみると、結局アンガラ河のほとりにぼんやりしてうずくまっていた位置が、自分にとって原点に近い位置だということからだと思います。ただその前に、私は人間の姿勢ということをかなり考えていた時期があるのです。判決を受けて刑務所へ入った時に、がっくりしていますから、このままでは自分の姿勢を支えることができない、とにかく自分の姿勢を支え直さなければいけない、と本能的に思いました。ここでがっくりきては、全部がだめになると思ったわけです。とにかく、背骨を真っ直にしなければいけないと思い、姿勢ということにこだわったわけです。その姿勢は、ある意志的な姿勢で、その姿勢をもって、ある位置に立つという考えになっていたのだと思います。(略)

詩の中の「その右でも　おそらく／そのひだりでもない」というのは中間的ということではないわけです。位置そのものという意味です。位置というのは一点で、そこからはずれればもはや位置ではない。

(「位置について」)

作者本人にこのようにいわれてみれば、なるほどと、一応は頷いてみなければなるまい。だがこの解説のなかで、石原にとってほんとうに真実らしく思われる部分は、「アンガラ河のほとりにぼんやりしてうずくまっていた位置が、自分にとって原点に近い位置だ」という部分と、位置とは「位置そのもの」という言葉だけである。

じつのところ「位置」という言葉は、石原が思っていた以上に読者(評者)から過剰な意味づけをされ解釈を施された。そのせいか妙に明確で断定的なこの自己解説は、あたかも第三者による不意の問いかけにとまどったかのような即興の応接にみえてしかたがない。「位置」や「姿勢」という言葉を石原は後から追いかけて、他人の評価や解釈に見合うだけの内容を盛りこもうとしているように見える。そして石原はみずから語りながら、その言葉をみずから信じていないように見える。さもなくば懸命に信じるふりをしようとしているだけのように思える。

もしも信じるふりをしているだけの部分が、「ある意志的な姿勢で、その姿勢をもって、ある位置に立つ」というところにあるとするなら、みずから信じていない部分とは、その肝心の「位置」を、およそ明確ならざる「ある位置」あるいは不分明な「一点」であるとしか言えないところにある。そして明確と曖昧という背反する印象がわたしにやってくるのは、たとえば「ある位置に立つ」という文章上の明言が、「ある位置」という文意上の曖昧を抱えこんでいることであり、おなじことだが、「位置というのは一点で、そこからはずれればもはや位置ではない」という明言が、どこにも確定しえない「一点」という曖昧を抱えこんでいるところにある。

けれども、もしもこの点を執拗に訊ねようとするなら、明確な「ある位置に立つ」とはどういうことなのか、あるいは、明確なある「一点」からずれるとはどのような「一点」からずれることなのか、と問う羽目になる。だが石原は、当然ありうべきこのような賢しらな問いをあらかじめ封じこめている。任意の一点を押せばあらぬ一点が膨れてしまいかねないような問いにたいして、そんなことではないのだ、どうしてわからないのか、と石原はいうにちがいない。明確と曖昧が縒りあわさって破綻するほかない場所で、ついに「位置」とは「位置そのもの」なのだ、と石原はいわざるをえなくなっている。

いかにもそうだろう。あまり要領をえない石原の自己解説もその本音の部分では結局この一点に収斂するほかはない。そしてわたしも、「位置」とは要するに「位置そのもの」なのだという、このみもふたもない石原の言葉をこそ信じたいのだ。すなわち、石原は解説などせずに、ただ「位置」という詩一篇を放りだしてくれるだけでよかったのに、と。

この自己解説にみられるように、石原は明確な意思によって自分の存在した(存在すべき)「位置」を見さだめようとしたのかもしれない。けれども、そもそも被関係化さえもみずからによる関係化のようにしか受容せざるをえない石原のひねくれた自己関係性は(たとえば「私たちが堕落したことは、まちがいなく私たちの側の出来事だからである」というような)、本来ならそのような明確な意思に三たび否をつきつけるはずなのだ。意思はむりやり自分を納得させるように押しだされ、それがひたすらに隠しつづけているのは、石原吉郎につねにつきまとう存在論的不安にほかならない。

(注5)落合東朗は、この「位置」という詩は「コロンナでのペシミスト鹿野をイメージした作品」だと解釈している(「鹿野」については後述)。「声よりも近く/敵がならぶ」のは、自動小銃を構えた監視兵。「勇敢な男たち」が並ぶのは右でも左でもなく、一列目と五列目だ。「無防備な空がついに撓み/正午の弓となる位置で」は「そうした高まる緊張を表わしているものと思う」。すぐれた解釈だと思われる(『石原吉郎のシベリア』)。

存在の最後の証としての姓名

確固たる意志による姿勢を獲得したいのに、それが「ある意志的な姿勢」としかなりえず、あるいは確固たる位置を獲得したいのに、それが「ある位置」としか言えないという、明晰が不可避的に抱えこんでしまうこの曖昧（凝縮が抱え込んでしまう拡散）は、おそらく石原にとって自分というものが、結局は〈ある自分〉（Nobody）としか実感できないという根底的な虚無と存在不安に根ざしているといってよい。

自分が〈ある自分〉にとどまるかぎり、意志も「ある意志」としてしか形をなしえず、位置も「ある位置」として明確な一点を指し示すことができない。この連鎖は一巡してふたたび〈ある自分〉へと循環してゆく。「位置」や「姿勢」を語りながら、ここでも石原が真に突きあたっているのは、自分という存在への明確な承認（証明）にたいする障碍である。石原が望んでいるのはほんとうは断固たる自己承認なのだが、石原の困難は〈ある自分〉が自分じしんを明晰に承認するほかないという自己矛盾なのである。

石原がかろうじて〈ある自分〉のなかに見いだした明晰な自分とは、存在の最後の証としての姓名、すなわち後にも先にも「石原吉郎」という名前だけであった。

……私は姓名において名づけられ、生きついで来た。姓名はしばしば私自身より重い。私にそのことを教えたのは戦争である。戦争は人間がまったく無名の存在となるところでありながら、おそらくは生涯でもっとも重くその姓名を呼ばれる場所である。人はそこでは、絶えまなく姓名を奪われながら、その都度、青銅のような声で背後から呼ばれる。「なんじの姓名へ復帰せよ」。

（「辞書をひるがえす風」）

人は死において、ひとりひとりその名を呼ばれなければならない。

（「確認されない死のなかで」）

人間が誰にも知られない場所で死ななければならない時、さいごにその人にのこされる希求、どうしようもない願いとは何か、ということであります。おそらくそれは、彼がその死の瞬間まで存在したことを誰かに伝えたいという願いであり、彼がまぎれもない彼として死んだという事実を、誰でもいい、だれかに伝えたいという衝動ではないかと思います。（略）

しかも、それを確認させるための手段として、最後に彼に残されたものは彼の姓名だけだという事実ほど救いのない、絶望的なものはないだろうと思います。

（「詩と信仰と断念と」傍点原文）

……つまりその時期の私にとって、詩を書くということは、先ほどお話しした、牢獄の壁に姓名、名前を書きのこす（石原がカラガンダで一時的に入れられた独房の壁に書きちらされていたさまざまな名前……注）という行為とほとんどおなじであったと思います。

（同前）

名前は呼ばなければならない。また呼ばれなければならない。名前は自分を自分へ繫ぐものである。また他者に繫ぐと同時に他者から繫がれるものである。そしてまた名前はみずからを生へと繫ぐものでもある。

夕方になって、私たちの輸送が始まった。トラックが到着するたびに、私たちはもう一度姓名を呼ばれ、トラックに分乗した。自分の姓名をあきらかに呼ばれるまで、私たちには、なお安堵はなかった。そして姓名を呼ばれた。

（「望郷と海」）

帰還者たちの多くはその抑留記のなかで、乗船名簿によって自分の名前を呼ばれたときの興奮と歓喜を書いている。だが石原は生へ繫ぐときのこの「名前」を、「そして姓名を呼ばれた」といっそ簡潔に書いているだけだ。もちろん、「そして」という接続詞には、言葉で表現することのできないほどの歓喜と興奮が押し隠されている（帰還の興奮については二章冒頭でふれたとおりである）。

しかしこの場合、書かれていることは書かれていることである。なぜ石原はその歓喜と興奮を隠したのか。たんなるレトリックだけではあるまい。石原はたぶん生へ繫ぐ「名前」にたいして冷淡なのだ。「そして」が隠しているのは歓喜と興奮だけではない。「姓名を呼ばれた」あとの空虚と絶望をも隠しているとわたしには思われる。

石原にとって「名前」とは存在の最後の証であった。けっして存在の最初の証ではなかった。石原は〈ある自分〉としての存在に、「石原吉郎」という名前を貼りつけようとした。それが存在の最後の「位置」へ向けてでもあるかのように。

呼ばれなくなった名前は凡庸な「海」とおなじだ。たぶん石原にとって、名前を呼ばれなくなることは「忘れられる」ことと同義だった。たとえば自分を絶対に忘れることのない信頼すべき絶対的な存在によって、自分の名前を呼んでもらうことこそが自己存在の確信であり証明であり承認の根底であるとするなら、石原はそれをこそ希求した。

「最後に彼に残されたものは彼の姓名だけだという事実ほど救いのない、絶望的なものはない」という言葉は、石原にとってけっして他人事ではなかった。「位置」が相対的なものではなく、あくまでも「位置そのもの」という絶対的な位置を意味したことは（それゆえに結局は「ある位置」という曖昧さのなかに溶融するほかなかったのだが）、存在の最後の証という不可能な思念に石原が憑かれたこととべつのことではなかった。石原は存在の最初にあって、存在の過程にあって、つねに存在の最後の証をみずからに問いつづけた。けれどそのような思念ほど「救いのない、絶望的なもの」はなかった。

＊

石原が自己凝縮をも断念しきれず、かといって自己拡散にも徹しきれずに、自己超越の一点に「ある位置」を見定めようとしたことは、理解できないわけではない。だがわたしがそのような考えにある頽廃の臭いを嗅ぐのは、それが自分の尻尾を自分で噛みながら、噛んでいる自分は噛まれている自分ではないと強弁するような自己関係化の欺瞞が隠されているようにみえるからだ。

石原吉郎がこのことを自覚していなかったとは到底思えない。もしこの自覚と無縁だったのなら、罪も救済も、石原にはいっさい無縁の問いであり答えであったはずだからである。世俗を図太く傲慢に生き抜いていくためには、そのような自覚は百害あって一利なしだ、とふてぶてしくやりすごすことができなかったからこそ、石原はみずからの存在性を構成する一つひとつの関係性を断念しようとし、その断念する地点を「ある位置」なる架空の地点に定めるほかなかったのではないか。

石原は、「私にとって、位置とはまさに断念する地点であり、断念する姿勢であり、その姿勢はいまも私に持続しているといわざるをえない」(「狂気と断念」)と書いてゆるぎない。だが断念によって容易に断念されうるものは、はじめから断念の名に値しないものではないだろうか。石原が口をきわめて言い募った「断念」においてついに断念しきれなかったもの、それは生でも死でもない、「位置」そのものであり「断念」それ自体であった。

意味に意味が重ねられる。それでもまだ足りないといわんばかりに、またべつの意味が重ねられる。「位置」とは「自己の、自己へのかかわり方」であり、かつ「どのような姿勢をも拒む姿勢」である、と。その一方で意味がみずからの意味を消してゆく。「断念とは、きわめて明確な行為であるとともに、行為そのものの放棄である」と。そしてまた、それは「人間が生きて行くうえでの基本的な姿勢」であり、「人が断念において獲得するもの、それを最終的には『自由』と呼んでいいのではないか」というように。もしも「断念」が、決意というには強いられすぎ、強いられたというには意志しすぎた関係の矛盾であったとするなら、「位置」とはいかなる存在のしかたをも拒む存在を、自分の存在のありかたとして身体化させざるをえなかった存在の矛盾であるというほかはない。

「断念」をさまざまに言い換え、断念に断念を重ねれば重ねるほど、石原はますます「断念」に絡め取られてゆく。それが「断念」を断念しきれぬままに、みずからの境界的な存在性を延命させてゆく石原吉郎の、最後の自己欺瞞となる。

〈ある自分〉という空白

「関係」とは、たとえば家族や学校や社会がそうであるように、秩序の形式である。そして秩序であり形式であるという関係の枠そのものの解体の危機は、関係の内部から生じてくる「関係性」が、自分じしんを自由であり闊達であり奔放であり混沌であると認識しはじめるところからやってくる（注6）。関係性は関係を内部から食い破ろうとする。だが、関係の枠は揺らぎはしてもそう簡単に壊れるものではない。なぜならそれは、すでに擬自然化した秩序形式であるからだ。そのとき関係性は関係の外部へ飛びだすほかはない。

だが関係に拘束されず、関係とまったく無縁に生じる関係性はたぶんありえない。いっさいの関係と無縁に存在しているひとりの人間というものがとうてい想定されえないからである。いやでもおうでも、わたしたちは風土で規定され、性別で規定され、容貌で規定され、性格で規定されている。身体で規定され、年齢で規定され、人種で規定され、言葉で規定され、職業で規定され、そして時代によって規定されている。

だが、そうであるにもかかわらず、関係とは無縁に、まったく自由な関係性は生じうるという錯覚なら存在しうる。たとえば恋愛がそうである。友愛もまたそうであろう。けれどもこのような関係性が関係性のままで自分を支えきることは至難である。

関係性は、たとえば「恋人」という関係に、そして「友人」という関係の秩序に着床したがるからだ。関係性が関係に着床したがるのは、関係性が、その本質である自由や闊達や奔放や混沌や非秩序についに耐ええないからである。にもかかわらずひとたび関係に着床した関係性は、今度はその息苦しい関係から身を引き離そうとし、またぞろ関係を内部から食い破ろうとする。関係と関係性はお互いに身を寄せたがっているのに、抱きあうとみずからの針で相手を突き刺してしまう山嵐ジレンマである。しかし、石原の陥ったジレンマはちがった。

（注6）「関係性」という言葉について。

「関係」は「存在」に、「関係性」は「存在性」にそれぞれ対応する。すなわち、「関係」とは秩序の形式であり、「関係性」とはその関係のありかたのことである。たとえば、ひとは容易に親子「関係」、恋人「関係」に入ることはできるが、そのことは、その呼称にふさわしい、まっとうな「関係性」の生成をまったく意味しない。男女が子どもを産んだからといって、そのとたん、男が父に、女が母になるわけではない。ようするに、「関係」の理念と関係性はまったく別物だということである。「関係性」なき「関係」は現代の特徴を指し示している。

ひとと共同でささえあう思想、ひとりの肩でついにささえ切れぬ思想、そして一人がついに脱落しても、なにごともなくささえつづけられて行く思想。おおよそそのような思想が私に、なんのかかわりがあるか。

（「一九六三年以後のノートから」）

*

よしもあしくもこれが石原の獲得した思想の幅である。いいかえれば石原吉郎という存在性の幅であり関係性の幅である（そして、わたしもまた。この文章を読んだとき、わたしは、その通り、と思ったのだった）。体験も信仰も位置も断念も徹底してこの幅の内部に封じこめられている。石原はここで「共同」に「一人」を対置しているかのようにみえる。だが、石原には「ひとと共同でささえあう思想」に向きあう「一人」の思想（単独者の思想）はなかった。石原には「ひとと共同でささえあう思想」に背を向け、そこから脱落していく「石原吉郎」という〈私ひとりの思想〉への想いだけがあった。この「石原吉郎」という思想は共同性とけっして対峙することがなく、それゆえいかなる普遍性をももちえないことによって「一人」の思想からも脱落せざるをえない。ただ石原はそれを単独者の思想と見紛（みまが）ったのだ。

断言、糾問、懐疑の言葉を速射砲のように投げつけて壁に刻みつけるという不可能。あるいは塵を拭き払って壁を露呈させようとする不可能。壁とはなにか。一片の感傷をも許さず無機質で反自然的で剛直きわまりない秩序そのものだ。ひとつの魂を足蹴にしてなんの痛痒も感じないものだ。石原はこの壁をまえにしてひと言も発しない。言葉は投げられずに逆に自分を浸蝕する。関係性が言葉によって補強されうるどころか、逆に言葉が関係性を毀損してしまう。喪われた関係性は言葉によって回復されうるどころか、関係性の喪失によって言葉そのものが喪われてゆく。

いっそ世俗的な〈関係・関係性〉の環そのものを脱ぎ捨てるしかない。すべての既存の関係性を脱ぎ捨てて、まったく新しい絶対的な関係のなかへ参入したい。石原が「石原吉郎」という名前に執着したのは、そこにしか自分の関係性を見いだせなかったからだが、ひとりだけの関係性はついに自分を証明することができない。だからといって関係性の自由、闊達、奔放、非秩序、混沌には耐えられそうにもないし、耐えるつもりもない。自分という存在を一等最初に証明し承認しえたはずの最初の証である関係はすでに喪われていた。石原は自分じしんをもてあます。

*

すでに一部分引用したが、「メモ（一九七二年〜一九七三年）」のなかで、

自己の、自己へのかかわり方。それが位置である。マッスのなかでの自己測定ではない。自己が、自己に対してどれだけずれるか、それが位置なのだ。

と石原は書いている。キルケゴールの関係概念に酷似しているが、自分じしんを引照基準とする自己測定が石原の関係性の原理である。いいかえれば〈私ひとりの思想〉に対応する〈私ひと

りの関係性〉である。

おなじ「メモ」のなかの記述に、「主語を消す。動詞で書きはじめる」という一行詩のような言葉があるが、「マッスのなかでの自己測定ではない」自己へのかかわりかたとは、あたかも動詞だけで主語を書き現わそうとする矛盾に満ちている。

しかしまた、「自分自身の〈とりあつかい方〉をおぼえること」(「一九五九年から一九六二年までのノートから」)と書いた石原は、規範として拘束してくるような根本的な関係に規定されずに、どこまでも関係性だけに浮遊するあてどない「動詞」としての自分をもてあました。位置は自分を確定しえず、動詞は自分を指し示しえないのだ。

〈私ひとり〉の浮遊する関係性とはなにか。関係性はふつう他者関係性と自己関係性の弁証による関係態を意味するが、石原にとっての関係性とは、まさに「自己の、自己へのかかわり方」すなわち自己関係性だけを意味している。けれども他者関係性との弁証を欠いた自己関係性などがはたして成立しうるのか。するはずがない。もしありえたとしても、この自己関係性が「成熟」しえないことは自明のことだ。

もちろん石原に他者関係性がなかったわけではない。自分の存在性にかかわる部分で他者関係性との弁証がなかったのだ。何度となくふれたように石原は他者からの関係化を自己関係性のなかにとりこみ、それを自分が自分にたいして行った関係化のように変換してしまう。それをわたしは石原の無限責任意識であるともいい最後の自己欺瞞でもあると考えた。

いったいなにが、石原をこのような凝縮する自己関係性にとじこめたのだろうか。

第五章

幼年　あるいは母

存在論的不安と詩

存在の最初の証としての幼少年期。四、五歳という少年期のとばぐちで、たぶんわたしは、自分の与り知らぬうちに、すでにここに、このようにしてあるほかない、多分に苦い存在として自分を発見した。その発見とは、おそらく存在（発見した自分）と存在性（発見された自分）が乖離するという一等最初の経験であったと思われるのだが、しかしいやでもおうでそれが自分であるならば、みずからを発見した自分は、発見されたその存在性を、すでに運命的な存在性と承知しなければならなかった。

このことがはたして存在の最初の証といえるかどうかはわからない。しかし少なくともそれは、だれもが一度は経験する〈自分〉という存在の最初の発見であることだけはたしかだろうと思われる。石原吉郎にもたぶん訪れたであろうこの自己発見において、石原がどのような〈自分〉を発見したのかはもちろんわからない。一つだけたしかなことは、冒頭で引いたように、「極度な存在不安に脅かされた」子どもだったということだ。はたして、石原にとって幼少年期とはいったいどのような意味をもっていたのか。

大きくなって
小さかったころのいみを知ったとき
わたしは〝えうねん〟をもった
こんどこそ　ほんとうに
はじめて　もった

これは吉原幸子の「喪失ではなく」という詩の第一連であるが、この詩に触れて石原が書いた時評のなかにつぎのような一節がある。

幼年期を回復するということは、「かつてもった」ものを、「かつてもたなかった」もののように、もつことであろう。幼年への回復への願いのなかには、ひとつの拒否がある。幼年をひとつのにがい重みとして秤りなおすこと、ひとつのにがい秩序として組み立てなおすことが、おそらくよろこばしい、自発的な行為であるはずがない。そういう意味で幼年の回復は、彼女にとってほとんど倫理的な願いであったと私は思う。

（「最高の法廷で――吉原幸子論」）

わたしは、石原じしんに「幼年を回復する」という「倫理的な願い」があったとは思わない。「大きくなって／小さかったころのいみを知った」とはとても言えなかったからだ。むしろ石原は「大きくなって」からも、「小さかったころのいみ」など探そうとさえしなかったというべきである。けれども、もし「幼年への回復の願い」があったとするならば、そのなかには「ひとつの拒否」があるという二律背反こそが石原のとらざるをえなかった自己関係性のかたちである。「幼年への回復への願いのなかに」「ひとつの拒否」を貫くのではない。いわれのない拒否がどうしようもなく介入してくるのだ。

石原がいうように、もしも幼年を回復するということが、「かつてもった」ものを「かつてもたなかった」もののようにもつことであるとするなら（わかりにくい表現だ）、「幼年への回復への願いのなかに」「ひとつの拒否がある」という言葉は、かつてもったものも、かつてもたなかったものも、またかつてもちえたであろうものも、いっさいもたないことを意味しているだろう。結果としてそれは幼年への断念というほかはない。

だが幼年への断念と、〈ある自分〉（Nobody）という存在性（関係性）の不安の根源が、かれの幼少年期にあると考えることはまったくべつのことではない。じつをいうと石原吉郎の幼少年期のことはほとんどわからないのだが、たぶんその頃の幼き石原にとっては、自分の時間や空間は他者の時間や空間と同調しなかったのではなかったか。

けれども他者との関係不安だけから深刻な存在不安が出来したとはとても考えにくいことである。〈ある自分〉（Nobody）という存在性（関係性）とは、まさしく自分の内部における違和感や不確実感を意味しており、そのことが予感させることは、ある絶対的な他者の非在である。過敏すぎる自意識をもつものの例にもれず、石原は幼少の頃から他者に悩んだよりも、より多く自分じしんに悩んだ。そして過敏すぎる自意識をもつものの例にもれず、悩みつつ自分に際限もなく執着した（際限もなく愛したのではなかった）。〈ある自分〉という存在性の不安はたぶんその矛盾に根を張っている。自己関係の病だ。

＊

石原吉郎が幼少年期のことにふれている文章を『石原吉郎全集』全三巻のなかから片言隻句かまわず抽出してみることにする。ところがこの辛気臭い作業の過程で気がつくことは、過敏すぎる自意識をもつものの例からはずれて、石原がほとんど自分の幼少年期や家族や故郷について書いていないことである。意図的に避けたのではないかとさえ思えてくるほどである。

一九一五年（大正4年）

静岡県伊豆土肥村に生まれる。父は夜間工業出の電気技術者。母は二児を生み死去。東北農家出の継母に育てられる。父は転職の関係で、東京、福島、新潟などを転々とし、一九二六年（大正15）東京府下におちつく。爾後十年ほど父の半失業状態つづく。

石原の自編年譜はこのように書きだされている。必要最低限の事実だけが事務的に記述されている、といった印象をうける。それしかうけないといってもおなじことだ。自筆年譜には父母の実名を記載するのが通例だと思われるが、あれほど「姓名」に執着した石原がそれを記していないのは故意なのか、それともあえてそういう通例を不要だと認めたからなのか（ちなみに渡辺石夫作成の年譜によると、父稔、母秀。『現代詩読本石原吉郎』）。「母は二児を生み死去。東北農家出の継母に育てられる」というそっけない記述は、まるで怖いもののまえを目をかたく瞑ったまま大急ぎで駆けぬけているような風情である。いや、そっけないばかりかいっそ奇妙な記述ではないか。「二児」とはいうまでもなく石原じしんとかれの弟のことなのだが、まるで他人事のような記述なのだ。

石原吉郎は長男だが、かれが四、五歳の時に母親は他界している（このことについてはのちにもう少しふれる）。家族の固有名は省かれ、石原が長男であるということも明示されていない。父親が仕事上ほとんど不在の状態が続いたらしいことは窺えるが、その度重なる転勤ごとに石原たちもついてまわったのか（新潟に転校したことだけは次の引用から知れる）、それとも父親が不在のあいだ、石原兄弟は「東北農家出の継母に育てられ」、「東京府下」ではじめて父親と生活を共にするようになったのか、年譜からは判然としない。「爾後十年ほど父の半失業状態つづく」というのは、およそ石原の小学校高学年から青年期にかけてである。貧窮に苦しめられたことだけは想像に難くない。

この記述のあと、小学校時代のことはひと言も語られずに、いきなり中学入学にまでとんでいる。そして残念ながらその十数年間の欠落は石原のどの文章を読んでも埋めることができない

（いや、たったひとつの記述が残されているが、それについてはのちに引用することにする）。

一九二八年（昭和3年）

攻玉社中学校（東京・目黒）に入学。途中一年たらずの期間新潟中学校に転校後復校。在学中成績上位。好んだ科目、体操、国漢および作文。最もきらいな課目は化学。上級になるころ、奇妙に修身（倫理）に関心をもつ。

幼少年期といっていい十数年間について書かれた自筆年譜はたったこれだけである。前出の引用文とあわせてわずか八行のなかに括られている。これだけで言いつくされていると考えてよいのか、それともこれだけでも石原には精一杯の記述だったと受けとめるべきなのか。ただ前項に較べると、この項にうろんなところはない。ごく普通の年譜的な記述となっている。わずかに目を引くのは「奇妙に修身（倫理）に関心をもつ」という部分であろう。だれもがそうするであろうように、わたしもまたこの記述に石原らしさを見ようとするが、ほんとうは、「奇妙に」という奇妙な形容詞をつけて韜晦しようとする石原の意識のほうがむしろ重要かもしれない。

だが、ようするにわからないのだ。父親がどのような人で、「東北農家出の継母」がどのような人であったか。むろん年譜にそのような記述を期待することじたい無理な注文なのだろうが、しかし年譜以外のどのような文章からも石原の幼少年期の家族の関係性のいっさいがわからない。まったくわからないといってよい。

＊

これ以降は年譜以外のさまざまなエッセイから抽出してみる。

小学校三年の時はじめて詩のようなものを書いて、同級生の前で読まされて以来、散文よりも詩の方を好んで来たように思う。散文という、論理と分析を重んじる文体は、その頃から私には苦手だったらしく、これはいまでも変わらない。中学四年のとき、初めて藤村の『若菜集』を読んだ時は、一週間ほど熱に浮かされたような気持ちだった。中学を出るころハイネを生田春月の訳で読んだのがきっかけで、一時期春月の詩を耽読したことがあって（後略）

（私の詩歴――『サンチョ・パンサの帰郷まで』）

この文章の最初の二行だけが小学校時代について書かれた唯一の、そして唯一の微笑ましい文章である。おそらく授業で書かされたのだろう、その詩が教師に褒められて、石原読んでみろ、ということだったのだろうか。年端もいかぬ子どもだったにもかかわらず、ひょっとしたら石原はこのときすでに内省ということに長けていたのかもしれない。素朴な同級生に較べてよほど早熟な詩を書いたということは当然ありえたことだ。

『若菜集』のなかに、「（前略）はるははなさき／はなちりて／きみがはかばに／かゝるとも／なつはみだるゝ／ほたるびの／きみがはかばに／とべるとも／あきはさみしき／あきさめの／きみがはかばに／そゝぐとも／ふゆはましろに／ゆきじもの／きみがはかばに／こほるとも／とほきねむりの／ゆめまくら／おそるるなかれ／わがはゝよ」という「母を葬るうた」がある。

わたしはこの「母」という言葉に、ある意味を見いだそうとしているのだが、ただ中学生の石原がこの一冊に「一週間ほど熱に浮かされたような気持ち」になったというのであれば、「まだあげ初めし前髪の」と謳われた「初恋」などの青春詠に魅せられたというべきだろうか。

あるいは、恋とか青春とか境遇といったテーマであるよりもむしろ、詩のリズムのほうにあったのだろうか。それも「母を葬るうた」のような単なる七五調のリズムだけではなく、たとえば「さみしくさむくことばなく／まづしくくらくひかりなく／みにくゝおもくちからなく／かなしき冬よ行きねかし」(「春はきぬ」)、あるいは「あゝながれつゝ／こがれつゝ／うつりゆきつゝ／うごきつゝ／あゝめぐりつゝ／かへりつゝ／うちわらひつゝ／むせびつゝ」(「深林の逍遥」)というように、言葉を畳みこむことによって、重苦しいものをも軽やかな抒情として運びつづけてゆく詩の重層化するリズムそのものだったのか(のちに萩原朔太郎の詩に遭遇して、詩がイメージによっても書かれうることを知って衝撃をうけるまで、石原は詩を音楽のように考えていた、というのもこのあたりに源泉があるのかもしれない)。

石原の内部に、このような詩の畳みこんでゆくリズムがもつ心地よさへの憧憬があったという推測が正しければ、それは内部を流れる現実の石原の生のリズムがつねに難破しつつあったことと見あっていたというべきかもしれない。石原の詩にたいする感受は、世界(他者)に向かう通路ではなく、内なる律動への願望、自分一身の生の救済といった趣きを示している。

存在と存在性の融合をいっとき幻覚させうるような畳みこんでゆく詩のリズムへの関心がある一方で、生田春月の詩に石原が魅きつけられたのは、あきらかにその言葉とモチーフにあるといっていい。「『幸福』よ、巷で出逢つた見知らぬ人よ、／お前の言葉は私に通じない！／（中略）／少女よ、お前の名前は何と云ふ？／もしか『嘆き』と云やせぬか？／そんなら行って『幸福』に言つてくれ、／お前さんの来るのがあんまり遅いので／もはや私があの人のお嫁さんになりましたと！」（「幸福が遅く来たなら」）。あるいは「我が生涯あはれなる夢、／我は世界の頁の上の一つの誤植なりき。／我はいかに空しく世界の著者に／その正誤をば求めけん。／されど誰か否と云ひ得ん、／この世界自らもまた／あやまれる、無益なる書物なるを。」（「誤植」）。あるいは「（前略）滅びよ、滅びよ、いとしき我が身、／急げよ、たのしき地獄の門へ。／すべてのもの存在せざる／其処にこそ我が失ひし楽園はあれ。」（「滅亡の喜び」）。

「我は世界の頁の上の一つの誤植なりき。」という言葉を石原は自分のことのように読んだのではなかっただろうか。世界から遠い場所で思い切り両端に張られた存在と存在性、いわば場ちがいな場所にまぎれこんで難破しかかっている自分。律動への憧憬と滅亡への意志。「すべてのものの存在せざる／其処にこそ我が失ひし楽園はあれ。」という詩句は、後年「私が理想とする世界とは、すべての人が苦行者のように、重い憂愁と忍苦の表情を浮かべている世界である。それ以外の世界は、私にはゆるすことのできないものである」（「一九五六年から一九五八年までのノートから」）と書いた石原の言葉にそのまま繋がっているようだ。

自己の絶対根拠としての〈母〉

これ以降に引用する文章は、幼少年期から極度な存在不安、性格不安にあったことを直接的・間接的に示す文章ばかりである。詩に傾いていく心性の根底にあるものだ。

時おりしずかな夜などに、わっと大声で喚き出したいようなはげしい不安にわしづかみにされる。もえつきて行くローソクの芯のように、みるみる自分が細って行くような心細さに捉えられる。自分がまるで不安という分子の集合体のように思え、また戸外で、私の名を呼びながら、私に悪意をもっている男が、私をたずねまわっているような気さえしてくる。（略）このような不安を、幼児からどのくらい私は味わって来たことだろう。

（「一九五六年から一九五八年までのノートから」）

私は、自分の少年の頃から、どのように自分を嫌悪したか分からない（それにもかかわらず、自分自身にかぎりなく執着した）。その頃から今に到るまで「変わりたい」「別の人間になりたい」ということは、いつも私の心の底にうごきつづけている願いである。

（「一九五六年から一九五八年までのノートから」）

どちらもすこし度を超えていると思える。前者は極度な存在不安感を、後者は極度な性格不安感を現しているように見える。石原はその存在不安をできるだけ正確に表現しようと様々な言いまわしを試みている。前者から直感することは、幼児期における保護環境の不在である。それを愛情の不在と言いきっていいものかどうか躊躇せざるをえないが、いずれにせよ存在の皮膜が形成されずに、存在そのものが剝きだしのまま露出しているといった印象を受ける。これは関係性の欠如といったものではない。秩序としての関係そのものの欠如である。

これらの文章が書かれたのはもちろん抑留から帰還したあとである。だから当然のことだが、抑留の記憶が石原の存在の原質を不意に「わしづかみ」にしたと読むことは可能である。だが現在を語りながら、それが心の核質部に触れる問題になると、のちに引用する文章にも顕著なのだが、石原は思わず「幼時」を呼び戻してしまうのである。

石原がいうように、もしも「幼時」の時から、書かれているような存在不安に襲われつづけたというのであるなら、とても普通の神経では耐えられたものではないだろう。人がこのような存在不安に襲われるためには、幼児期における保護環境の不在、あえていいかえるなら、愛情の全き不在（もしくは虐待）という事態以外のどんな理由もわたしには考えることができない。これらの存在的な事実は存在論的不安という一事に収斂している。

この存在不安と性格不安は表裏一体である。「別の人間になりたい」という願いは、いまの存在それじたいを古上着のように脱ぎ捨てて、ほとんど零からまったくべつの生を生きなおしたいというに等しい。そうでなければ記憶も身体も環境も完全に塗り変えられた文字どおりの別の「人間」。あるいは世俗の人間概念を超えた新次元における「別の人間」。石原はのちに収容所体験を再体験しなおす過程でそれを「新しい人間」と呼ぶようになるだろう。

私は、中学校の終わり頃から、いわゆる文学少年タイプでした。(「随想——受洗に到るまで」)

私の記憶にまだ残っているのは私がまだ十六歳の頃、何とかしてギリシャ語とラテン語を勉強したいと思ったことである。その時ラテン語やギリシャ語は、英語しか知らない同級生に対する一種の優越を意味していた。幼時から極度に劣等感の強かった私は、自分の劣等感からくるいたみを、このような方法でいやそうと思ったのである。

(「一九五六年から一九五八年までのノートから」)

かつて、まだ少年期を脱したばかりの頃、私は貧窮にやせ細った姿で一人ルターの注解を読みつづける一人の青年を、自分の未来の理想像として熱っぽく想い描いた時期がある。それがいわば私のヒロイズムであった。

(「一九五六年から一九五八年までのノートから」)

石原の「ヒロイズム」が、公認されない、横ざまの、非俗でマイナーな場所へ自分一個を背負って陥入してゆこうとする、いわば「単独者」としての寂滅した「ヒロイズム」であることが目をひく(注7)。非俗の場所でおのれの「ヒロイズム」を支えようとする心性ならわたしにもなじみの感情だが、通常そのような心性はどこかで公開され、他人の耳目を引きつけようとするものほしげな余剰な意志をもっているものだ。そして非俗の場所へ歩みだすつもりが思いきり俗的な場所にでてしまうのだ。

石原にもそのような気持ちがなかったはずはなかった。しかし石原のそれは、ほかならぬ存在の保護網の形成を意味し、しかもそれが「貧窮にやせ細った姿で一人ルターの注解を読みつづける一人の青年」といったかたちに寂滅しているのが独特なのだ。それは余剰な意志というよりはむしろ過少な意志というべきである。この「ヒロイズム」の特質はほとんど変わることなく石原の晩年にまで受け継がれていったように見える（あらかじめいっておくなら、石原の晩年の詩はこの単独者の寂滅したヒロイズムだけが唯一のモチーフであった）。

貧乏すると、どこか人間がいやしく、ずるくなるというが、自分のすることを考えてみると、どうもそんなふしが見えて、自分ながら情けない思いがする。（略）小さい時から、人一倍貧乏の味はなめたくせに、貧乏にしっかりきたえられることのなかった不甲斐なさを、この頃身にしみて感じる。

（「一九五六年から一九五八年までのノートから」）

「幼時から極度に劣等感」が強く「人一倍貧乏の味はなめた」と石原は書いているが、しかしその「劣等感」の質がよくわからない。貧乏というならまだ国中全体が貧乏だった時代のことである。たとえ「人一倍貧乏」であったとしても、それだけで「極度」の劣等感に苛まれたということはちょっと考えにくい（しかも中学校にまで進学しているのだ）。学業の成績も悪かったはずがない。「幼時から」しかも「極度に」劣等感が強かったというのは、もしも家庭環境に起因するものでないかぎり、存在（性格）そのものに関わることだ考えないわけにはいかない。あるいはその両方である。「不安という分子の集合体」。

そして残る二つの文章の引用。

シベリアにいた時もしここで死んだらどうなるかと考えたことがありますが、僕は四つか五つの時母親をなくしているわけです。その母親の写真なんか偶然に見てイメージがある。そうすると死んだら、おふくろの所へいけるだろうというのが不思議に安らぎになった。

（「単独者の眼差」渡辺石夫との対談）

（表千家の茶道の師範であり詩人でもある小林富士子氏が、お茶の目的は「人に出会うため」であるという話をするなかで……注）運よく出会えたと思えるときは、ほんとうにうれしい。しかし対座はしても、誰にも出会わない時がある、といったあとで小林さんの口から、「それはそれでよろしいのです」という言葉を聞いたときのさわやかなおどろきは、今も私に持続している。まさしく頂門の一針であった。（略）

生を受けてすら、母と出会わぬすれちがいの生のさわやかさに、我にもあらず向きあった思いであった。あるいは、ひとはそれぞれに、身近かな人に、身近かな故にこそ出会わないのであろうか。

母が終生子に出会わず、妻が夫に出会わぬ人生があるであろう。それはそれまでの生である。この父と母の間にこそとの悲願のもとに、この世に生をうけたのではおそらくない。

（「出会わぬこと」）

以上が石原吉郎の幼少年期に関する文章のすべてである。ことに石原が実の母親について自分の心境を開いた記述は、わたしが読みえたかぎりでは、右に引用したふたつの文章以外にはない。石原は「四つか五つのときに母親をなくしている」と書いているが、ほんとうに母親の正確な没年を知らなかったのだろうか。その経緯も原因もほんとうには知らされなかったのだろうか。母親の写真を「偶然」に見るしかなかったというのも怪訝（けげん）である（余計なことかもしれないが、『現代詩読本石原吉郎』には生母の写真が掲載されていて、美しい人である）。

石原には疑いもなく生母の物語が続いていた。会田綱雄が「一つの仮説」と断りながらも、石原（会田の文章では「Q」となっているが）には、「〈聖母〉への癒しがたい渇望があった」と書いている（らしい。残念ながらわたしは会田の原文を読んではいない。この引用は『現代詩手帖』一九七八年二月号に掲載されている大野新のエッセイ「『閉路』から考えはじめた人」からの孫引きである）。

母親とは、いつも自分のことを忘れずに思い出してくれ、いつも気にかけてくれているということが絶対的に信頼しうる（はずの）唯一の存在である。もちろんこれは神話にすぎないかもしれない。だがそれでもなお、母親がそのように信じられうる理念的な存在であることにかわりはない。そしてそのことが、〈ある自分〉という存在を〈たしかな自分〉（Somebody）として承認してくれ、確信させてくれる唯一のことである。その意味でわたしもまた、会田の「一つの仮説」を肯定することにはいささかの躊躇もない。

けれども「号泣に近い思慕」をかけた海やロシアの大地が〈母〉なるもの象徴だからといって、お誂（あつら）えむきに石原吉郎を〈母〉の喪失の物語のなかに引きずりこむつもりもない。たしかに石原には生母の物語がつづいていたはずである。しかしそれは「号泣に近い思慕」といったものではありえなかった。「死んだら、おふくろの所へいけるだろうというのが不思議な安らぎになった」という言葉は、「〈聖母〉への癒しがたい渇望」というよりも、そのような理念的な関係のふところへ取りこまれることへの「安らぎ」であっただろう。いってみればそれは〈母〉の喪失というよりも、むしろ母の〈喪失〉の物語であった。

＊

関係性の病、といってはあまりにもおざなりないい方になるかもしれない。自分という病、といいかえても事情はあまりかわらない。しかし、石原の生のどの断面を切ってもつねに現れてくるのは〈自分〉である。〈自分〉だけであるといってもいいすぎではない。幼少年期からの存在不安、性格不安、自殺未遂（石原は十八のとき「家庭の中のゴタゴタがいや」で睡眠薬を飲んだが、未遂に終わった）、後年における海の喪失、最も良き自分、忘れられることへの恐怖、信仰不安、そして自己処罰と自己責任と救済願望。これらのことが明かしていることはなにか。石原吉郎という病、とでもいうほかないだろう。自分という病ではない。〈ある自分〉という病だ。〈ある自分〉という病とはなにか。石原には他者からの自分にたいする関係化を、自分が自分にたいして行使する関係化であるかのように受容してしまうところがある、とわたしは書いてきた。しかしそれだけではない。石原は本来なら他者に発信されるべき（向けられるべき）関係化までも、自分じしんにたいする自己関係化にねじまげてしまうのだ。石原の自己処罰も自己責任もそのいっさいがこの関係変換の磁場で生じている。

石原吉郎の関係性の本質が自分自身へ陥入していく自己関係性にしかないとはこのことだが、しかしこの自己関係性じたいが充溢した空白の自己を対象とした不可能な自己関係性であった。そしてわたしはいかにもわかった顔をして、その充溢した空白を母の〈喪失〉という物語に見、石原の存在不安と性格不安の根源はその空白に胚胎していると考えた。

フロイトはこのように書いている。

メランコリーの精神症状は、深刻な苦痛にみちた不機嫌、外界への興味の喪失、愛する能力の喪失、あらゆる行動の制止、自責や自嘲の形をとる自己感情の低下であって、それは妄想的に処罰を期待するほどになる。

（「悲哀とメランコリー」加藤正明訳『改訂版フロイド選集・第10巻』）

フロイトはさらに、「メランコリーは、明らかに愛する対象の喪失に対する反応として」生じるが、その喪失は「むしろ観念的な性質のもの」であって、それゆえに「誰を失ったかは知っているが、その誰かについて、何を失ったのかを知らない」（前出・傍点原文）といい、また「悲哀では外の世界が貧弱になるのだが、メランコリーでは自我それ自体が貧弱かつ空虚になる」（前出）と指摘している。

まるで石原吉郎という存在を分析したのではないかと見紛うばかりの解説である。もちろん石原吉郎が「メランコリー」であったのかどうか、ほんとうのところはわかるはずもない。しかしこの引用文に照らしてみるかぎり、少なくとも「メランコリー」的ではあったと、わたしには思われる。だからどうだということにはならないが、しかし、それほどまでに石原の喪失感は尋常ではないのである。

一般的にいうと、自己関係性とは、共同化された自分ないしは共同性を志向する自分と、そこから疎外されるか、あるいはその場所を生きることのできない愛されるべき半身との弁証である。ところが石原の自己関係性はそのような構図にはなっていなかった。共同化されるべきであった自分のもうひとつの半身が充溢する空白であった。石原はその、もうひとつの愛されるべき半身の名前が「石原吉郎」であることを知っていた。知ってはいたがしかしそのことを証明し承認してくれる存在がいなかった。充溢する空白に様々な他者からの関係化が陥入される。だがそれはもうひとつの半身が他者性を脱色してみずからに陥入させたものだ。

石原の自己関係性は一向に上昇する弁証とならずに、ひたすらに下降する弁証として自分じしんを〈罪〉のなかに落としこんでゆく。上昇するはずがなかった。そこは空孔としての空白ではなく充溢する空白だったからだ。他者からの関係化ばかりか、もうひとつの半身がそこに様々なものを陥入させてゆくが、下降する弁証がなされたあとにはふたたび充溢する空白によって塞がれてしまう。充溢する空虚であり充溢する絶望だ。石原が最終的にしようとしたことはその充溢する空虚に「石原吉郎」という名前を貼りつけようとする不可能であった。

（注7）「寂滅」という言葉を辞書で引くと、第一義はだいたい「悟りを開いた理想的な境地」とある。しかし本書では第二義の「ほろびること」の意味で使っている。伊藤左千夫「今朝（けさ）の朝の露ひやびやと秋草やすべて幽（かそ）けき寂滅（ほろび）の光」のように。

喪われたものの原点

石原吉郎は強制収容所のなかで失語状態に陥ったという。しかしそのことが当時明確に自覚されていたわけではなかった。

> 自覚された状態としての失語は、新しい日常のなかで、ながい時間をかけてことばを回復して行く過程で、はじめて体験としての失語というかたちではじまります。失語そのもののなかに、失語の体験がなく、ことばを回復して行く過程のなかに、はじめて失語の体験があるということは、非常に重要なことだと思います。
>
> （「失語と沈黙のあいだ」）

徹頭徹尾、ひとりの人間から離れようとしない石原にとって、ことばとは「一人が一人に語りかけるもの」であった。石原は詩という表現を選んだ理由について、「詩には最小限度ひとすじの呼びかけがあ」り、それは「一人の人間が、一人の人間へかける、細い端のようなものを、心から信じていたため」であるという。そのような石原にとって、失語とは、自分「自身を確認する手段をうしなうこと」にほかならなかった。

それはこの世界で、ほとんど自分自身の位置をうしなうにひとしい。位置をうしなって無限にただよって行くことにひとしいことです。これが、失語という状態のさいごの様相であると私は考えます。 (同前)

石原の失語論は喪失論である。石原はくどいほど念を押している。「失語の過程を追うのは、すでに回復していることばである」(傍点原文)と。自己を確認することばを失い、相手を確認することばをも失って、「無限にただよって行く」とは存在論的不安そのものであるが、しかし「失語の過程」なら「すでに回復していることば」が追うことができる。問題なのは、存在不安の過程を追うことのできるどのような回復された存在も存在しないということなのだ。

……これは、私たちのあいだで〈追体験〉とよばれている過程ですが、このばあいの〈追体験〉は、体験そのものをはるかに遠ざかった地点でかろうじて回復したことばが、そこまで漂流した曲折をあらためてたどりなおして、ことばの喪失の原点へ里がえりするかたちで行なわれます。そうしなければ、うしなわれた空間が永久に埋まらないからです。
（同前）

「喪失の原点」あるいは「うしなわれた空間」。石原の方法はいつもたったひとつである。精神が回復する過程も、原体験を再体験しなおす過程も、失語から回復する過程も、そしてさらにもしありえたとして幼年を回復する過程においても、現在の「かろうじて回復した」主体が、もう一度その「喪失の原点」に立ち戻って検証しなおすという方法だ。わたしにはこの方法がまちがっていたとは思われない。しかし方法の正否と事の正否とはまたべつのことだ。では石原ははたして回復しえたのか。

……ことばが回復するということは、ある状態から解放されることではなく、逆に、ふたたびその状態へ、自覚的にかかわり、とらえられて行くことを意味します。ことばを回復するということ自体は、けっしてよろこばしい過程ではない。
（同前）

石原はなにもかも承知していたといわなければならないだろう。自分を確認することばを失い、他人をも確認することばをうしなうことが自己喪失（失語）を意味することも、あるいは「喪失の原点へ里がえり」しないかぎり「うしなわれた空間が永久に埋まらない」ことも、そしてまたその欠落を補う過程が危険で「けっしてよろこばしい過程ではない」ことも、石原はすべてを承知していた。しかし石原の方法がつねに自己をめぐる円環のうちでなされるかぎりにおいて、かれはそのことごとくにおいて失敗したといわなければならない。検証する主体の確立に失敗し、あるいは「かろうじて回復した」主体でさえもが「うしなわれた空間」から逆に検証を受けてしまうといった事態に石原は難破したのだ。

＊

石原吉郎が生を享けて、存在性の一等最初の自己意識として自分を見いだしたとき、生母の非在という事態がその自己発見をいっそう過剰なものにしたようにみえる。いうまでもなくこの生母の〈非在〉＝〈喪失〉という地点こそが、石原にとっての「喪失の原点」であり、かつ「うしなわれた空間」であるとわたしはいいたがっている。もしも自分の発見が他者の発見と即応的であるとするなら、それは他者との〈あいだ〉の発見を意味している。だが非在なものとの〈あいだ〉で、ひとはどのようにして自分を発見することができるのか。石原の劣等感や存在不安感が度を越して過剰に思えるのは、石原が他者との〈あいだ〉において自己を発見したのではなく、ある喪失されたもの、非在なものとの〈あいだ〉において自分を過剰に見いださざるをえなかったからだ、と思われてくる。

石原は「ものの価値は、それがうしなわれてみてはじめてわかる」と書いている。その通りである。しかし、そもそものはじめから非在だったものの価値はどうして知りうるのか。いうまでもなく、他者との〈あいだ〉を通じてであるほかかない。しかしそのとき他者との〈あいだ〉とは、ただその非在を確認するためだけの、いわば欠落を通して非在なものとの〈あいだ〉に存在している自分の発見のためだけにあった。それが、生母の非在という「事態」が石原の自己発見を過剰なものにしたという意味である（注8）。

空白（喪失）との関係性という一事だけが石原吉郎という存在にとって何事かであった。空白なものとの〈あいだ〉においてて石原はみずからの位置を測る距離を喪う。その距離を喪うことによって自分の位置を喪う。そのままで、ある不確かな自分へと陥入してゆく。石原の過度なまでの劣等感や存在不安感の第一原因はこの空白との関係性にあると考えられるが、関係の相対性を超越してみずからを絶対性として定立することが不可能ならば、その空白をむりやりにでも実体化させて距離をあきらかにし、そのことによってみずからの位置を確定するほかはなかった。

石原はその空白に『若菜集』を置き、「ルターの注解」を置き、「ラテン語やギリシャ語」を置こうとした。「海」を置き、「聖書」を置き、「名前」を置こうとした。しかし必ずしもそのことが石原にとって不幸だったわけではない。あるいはまたその空白に、それと同等の比重で、他者や共同性や世界を代入できなかったことが石原の不幸だったわけでもない。

むしろその空白が結局は何物をもってしても補塡されえなかったというところに石原のいっさいがあるように思える。もしもなにか過剰で濃密な他なる存在によってその空白を埋めつくすことができたなら、石原の関係性は正置されたかもしれない。だがその空白は充溢する空白であった。なにを置こうと、なにを貼りつけようと、その空白は塞がれた空白であった。とするなら石原はどうにかして関係性の通路を外部に開くべきであった。その外部とは共同性や世界である必要はなかった。ひとりの切実なる他者との、対なる関係性であればよかった。

一人の人間を献身的に愛することができるなら私は生きうるであろう。

（「一九五九年から一九六二年までのノートから」）

生きるに値する生について、片時も悩まない時はなかったのに、僕の生涯はかくも空白である。一人の人間に対する愛が試みられるような危機にあって、僕はただ自分のいたみを考えた。

（「一九五九年から一九六二年までのノートから」）

しかし石原吉郎には外へ向かうエロチシズムがなかった（注9）。過剰がなかった。獲得がなかった。拡散がなかった。あるのは、つねに内部に陥入していく稀少であり、喪失であり、凝縮だけであった。

（注8）前出多田茂治『石原吉郎「昭和」の旅』によると、石原は収容所のなかであるひとに、「私は母親を早く亡くしたので、母親の愛は知らない。それだけ『父親の愛』をよく知っている」といったという。また多田はこのように書いている。「石原吉郎はたいへん涙もろかった。とくに頑是ない幼児の哀歓の姿に涙を誘われた。電車のなかで母親にやさしく抱かれた幼な子の姿に、涙ぐむ石原をみた詩友もいる。和江夫人の話によると、団地の夕べ、親に叱られたのか、親の帰りを待つのか、ベランダに出て泣く子供の泣き声を耳にしたりすると、『かわい

そうに』と貰い泣きしたという」。
（注9）おなじく同書によると、石原が大阪ガスに勤めていた頃、みつさんという恋人がいたが、入営中に亡くなったのだという。「ずっと彼の心の中にいき続けていたよう」だ、という記述がある。ただし石原はその女性について一言も書いていない。
これは帰国後、一、二年のころか、石原は「永い禁欲生活の箍がはずれたように、よく飲み歩き、赤線地帯にも出没していた」「石原は当時の日記に買春体験も書いていて、その日記を露悪的に『ロシナンテ』の男性同人の幾人かに見せたこともあったという」。

もう一つ。多田茂治『内なるシベリヤ体験』に詩人の小柳玲子の「サンチョ・パンサの行方――石原吉郎覚書」が引用されているが、それによると、当時五十二歳だった石原は、年下の小柳にこのようにいったという。

「抑留生活の八年は当然として、その前の軍隊生活の間も、僕はほとんど女性に接することがありませんでした。ですから、帰国の船で診察に立ち会った看護婦さんが、近くで見た初めての女性といっていい。それでね、ぼくの女性に対する気持ちというのは、非常に神聖なもの、恐怖心を伴うほど大切なもの、そんな感じです。要するに未知のものなんですね。

ところが反面、女性に向う時、けものじみた欲望がありましてね、これはまた平穏な青春を過した人には理解されないほど烈しいもので、もう野獣と同じです」。これは石原吉郎の聖と俗である、といっていいが、なんなのだ「野獣」って。

▼第六章

新生　あるいは信

存在の破れと聖書

　石原吉郎は二十三歳（昭和十三年）で東京外国語大学を卒業し、大阪ガス（研究部）に入社した。六月に徴兵検査を受けるが、このことを直接の契機として教会に通うようになる。

　入信の動機について石原は、徴兵検査をうけいずれ召集がくると考えた時「非常に焦りました。今のこのままの混乱した気持ちではとても軍隊へ入れない。（略）それで、とにかく宗教的なものを何か求めたかったのです」（「随想」）と書いている。やがてカール・バルトの『ロマ書』（丸川仁夫訳）を読みはじめ、はやくも同年洗礼を受けている。さらに追いたてられるように翌年勤務先を退社し、神学校入学を決意して上京する。

　当時、徴兵によって自分の死を不可避の死として勘定にいれざるをえなかった青年たちの多くは、たとえば保田與重郎の文章に、「死の美学」に、天皇に、国体に、そして家族に、自分の命を棄てるに値する意味と価値を求めようとした。天皇や国体や家族ではなく、「宗教的なもの」を求めたところに石原の独特さがみられはするが、しかし志向の質はおなじであるといってよい。ただ石原はみずからの資質に沿ってある過剰な形式化を性急に求めはするが、その形式化の内容に関してはけっこう無頓着である。キリスト教に魅かれたことも、カトリックに行かずにプロテスタントに行ったことも「全部偶然」であったと石原はいう。

私が教会をえらんだ動機を今ふりかえってみると、ほとんどなんということもなかったような気がする。その頃は支那事変が始まったばかりの時期で、なによりも私はもうじき戦争に行って、へたをすると死ぬかもしれないという考えに、しょっちゅうおびえていた。そして何よりも、そんな臆病な、気の弱い自分を嫌悪していたのだ。私は一夜にして深い感動が私をおそって、自分を生死を超越した男に作りかえてくれることだけを期待して教会へ行ったような気がする。　　　　　　　　（3・2）

（「一九五六年から一九五八年までのノートから」）

ある絶対的な関係の形式化だけが願われたといってよい。そのことによって「生死を超越した男」に生まれ変われることができたならそれにこしたことはなかったが、石原が真に欲したのはあくまでも関係の形式化だけであった。「ほとんどなんということもなかった」動機から入信したとはいえ、石原が生涯信仰から離れることができなかったのは、受洗という関係の形式をみずからが進んで選んだという事実だった。

しかし皮肉なことに、最も恐れていたものへの防衛のためになされるはずであった関係の形式化が、ほかならぬ当の最も恐れていた「外側の大きな強制」によって成就されることになる。

その召集令が来た前後というのは非常に混乱しました。結局考えてみれば、召集令という外側の大きな強制によって、助かっていたようなものです。自分の自由意志というものを決定するものがほかには何もなくなっていたからです。

（同前・傍点引用者）

昭和十四（一九三九）年、二十四歳の石原は静岡市歩兵第三四連隊に入隊した。入営に際して石原は、聖書ではなく賛美歌を携えている。翌年、大阪の露語教育隊を経て、東京の教育隊高等科に移動した後も、隊内のキリスト教の読書グループに参加している。自分をとりまいている時間のなかで、おそらく唯一穏やかだったと思われるこの信仰の時が、「自由意志というもの」を失った石原にとってどういう意味があったのかはよくわからない。

だが石原にとって軍隊とは、いってみれば関係の形式化が最も徹底した大いなる空白であった。関係の形式化が最も徹底している以上、空白には空白の自己を対置するだけでよい。死への心構えという問題を棚上げしていえば、軍隊は石原にとって存外生きやすかったのではないだろうか。教育隊という環境がよく、石原はしばしば信濃町教会の礼拝に出席している。

石原は「抑留中私は、信仰によって危機を支えられたという経験を、ついに持たなかった」（「教会と軍隊と私」）とあからさまに書いている。石原にとって信仰（聖書）が切実な問題となってくるのは、皮肉なことに現実的な死の不安が消滅した帰還後のことであった。いいかえると、石原の「信仰」は関係の形式化（その最高の制度が「ラーゲリ」であるといったらいいすぎだろうか）が崩壊するときに、まさしく危機の神学というかたちで現れるほかなかったのである。

帰還後、石原は関係の対象としての空白（喪失）が、依然として無限定の空白のままだったことに今さらのように気づかざるをえなかっただろう。そのとき信仰は危機の神学としてさまざまに迷走しながら石原の空白の内部をめがけて殺到しはじめる。ほかならぬ石原が「受洗という事実」のなかに投身するのだ。

＊

石原吉郎は帰国翌年の一九五四（昭和二十九）年、『文章俱楽部』に投稿した「夜の招待」で一躍注目を集めた。次の年には有志とともに同人誌『ロシナンテ』を発行し、合評会の二次会では歌い踊った。一九五六（昭和三十一）年、四十一歳のとき、前夫をシベリア抑留で失った二歳年下の田中和江と結婚した（夫人は最初「見るからに暗い感じでいやだ」と断った）。

生活は不如意だっただろうが、やがて臨時職員ではあったが海外電力調査会に職を得、詩作にも打ちこんだ。一九六三年には第一詩集『サンチョ・パンサの帰郷』が出版され、それが評価されて第十四回H氏賞も受賞した。曲がりなりにも、生活は落ち着いたかに思われた。しかし石原の内部では苦悩がつづいていたのである。

「私にとって、もっとも苦痛な期間は、ほんとうは八年の抑留期間ではなく、帰国後の三年ほどのあいだであった」(「失語と沈黙のあいだ」)。だがこのことに気づくものは、周囲にだれもいなかった。いるはずがなかった。

石原吉郎にとって「信仰」とはいったいなんだったのか。あるいは「聖書」はどんな意味をもっていたのか。石原はひと言で、「信仰とは、いわばありえざる姿勢の確かさである」(「信仰とことば」傍点原文)と書く。あるいは「私たちをつねに生き生きと不安にめざめさせることば。それが、私にとっての聖書のことばであった」(「信仰とことば」)という。

いったいなにをいっているのだ。石原にとっての「位置」の意味、「断念」の意味、「自由」の意味とおなじように、ここでも否定の確信と、肯定の明晰な不安が綯りあわされた下降する弁証が顕著だ。「信仰」という言葉のかわりに、「位置」や「断念」や「自由」という言葉を入れても意味がまったく損傷されないことに気がつく。

> 聖書がただひとつの救いの場であるような生き方は、いまなお私には不可解である。(略)キリストが復活しようとしまいと、実はたいした感動ではないのだ。(略)最も重要なことは、私がまだ、聖書以外に行き場のないまでに、窮迫していないということなのだ。
>
> (3・2)
>
> (「一九五六年から一九五八年までのノートから」傍点原文)

だが、ほとんど本音であると思われるようなこの言葉が、十日程後にはつぎのようにあっさりと撤回される。

3月2日に書いたことは、もはや自分にとってどうでもよいことのような気がする。聖書に赴いたことが偶然であっても、必然であっても、それによって私に対する聖書の意味が変るはずはない。重大なことは、私が聖書に接したという事実なのだ。その事実の重大さは、今はあるいは心許ないものであるかもしれない。しかしそれは、自分が真剣に聖書に向かえば向かうほど、ますます明らかになっていくだろう。（3・13）

（「一九五六年から一九五八年までのノートから」傍点原文）

「聖書に接したという事実」あるいは「受洗という一つの事実」（「教会と軍隊と私」）が、ともすれば迷走しがちな石原の信仰への姿勢を根底でささえている唯一の根拠である。そしてたしかに石原は後年「私を支配するものは事実であって、思想ではない。私はただ事実によって立っているにすぎない（4・9）」（「メモ（一九七二年〜一九七三年）」）と書きつけているだろう。

わたしは石原が「ただ事実によって立っている」ことを理解する。しかし「事実」とはいったいなにか。石原の思考の底のほうに、ほとんど石原の本質的な部分であるといってもよいほどに、「どうなっても仕方のないもの。世界とはそういうものだ」（「メモ（一九七二年〜一九七三年）」）という、いわば、あるものはあり、生じるものは生じ、失われるものは失われるという同義反復の世界を承認する傾性があったことは否定できない。

だがその一方で、たとえば、アウシュヴィッツという「事実」、広島という「事実」は、石原にとっての「事実」ではありえなかった。石原の言う「事実」とはあくまでも、石原によって経験された「石原吉郎」という人間の「事実」にほかならず、しかも重要なのは、その「事実」を承認するということが、同時にその「事実」を担う存在の責任を意味したということだ。

もしよって立つ「事実」に徹しきれたら、石原はさぞかし苦悩もへったくれもない明晰なオプチミストになれたことだろう。「見たものは見たといえ」。したことはしたことだ。ラーゲリの「事実」がよみがえる。しかし、それは人間の限界だったのではないか。石原はある日本人の虜囚が「あさましい」と口走ったとき。「あたりまえのことをいうな」と怒鳴りそうになった。

だが「事実」に立つもう一方で、「私は一つの〈意味〉を知りたい」と書かざるをえなかった石原が、徹底した「事実」の地平から「石原吉郎」という意味の高みへ、あるいは深みへ、ほとんど存在そのものの問いとして離陸しはじめるとき、かれは腰の座らないペシミストに変わらざるをえなかった。そしてそこからふたたび冷酷な「事実」の地平に引き戻されざるをえなかったとき、「事実」からいったん離陸した分だけ、かれはニヒリストの相貌を帯びるほかなかった。

石原が残した「ノート」群はまた、べつの意味で聖書（信仰）との確執の記録である。聖書から離反する。にもかかわらずつねに頭の片隅に憂鬱な気がかりとしてある。「もう充分だ。わたしは信仰に帰らなければならない」。ふたたび半ば強制的に義務として聖書を読みはじめる。「ただひとつの救いの場」として。また離反する。だが決定的に離反することができない。そしてなお最終的には、聖書をやはり自分にとって唯一のものというしかない。

石原の不安と焦燥の最基底部から絞りだされるようにして放たれた言葉をふたつだけ引いてみる。帰国してから八年後、一九六一年に書かれた文章である。周囲のだれにも知られなかった石原ただひとりの苦悩だった。「信」を求めつづけた果てに、ほとんど敗退しかかっているといっていい。

自分自身が存在として、まったく破れ去っていること。その破れのまっただなかから「僕を救って下さい」という声を、全身をもって叫ぶこと。そのことを除いて、僕が存在しうる契機はもはやなにひとつ残っていない。

（1・11）

（「一九五九年から一九六二年までのノートから」）

他人、もしくは人間一般が何を根拠にして生きているかということは、僕自身には全く関係のない問題である。僕はただ、僕自身の生きる根拠をはっきり知りたいのだ。

（8・3）

（「一九五九年から一九六二年までのノートから」）

石原のうち顫（ふる）える空白を、「一つの〈意味〉」すなわち「僕自身の生きる根拠」に見定めることができるが、いうまでもなくその〈意味〉ないし「根拠」とは、〈ある自分〉がなんであるかを証明しかつ承認することにほかならない。「自分自身が存在として、まったく破れ去っていること」

というのは石原吉郎という関係性の事実が、石原吉郎という関係性の意味との間で「破れ去っている」ということになるだろう。わたしはいったいなにをいっているのか。ようするに石原吉郎という自己関係性そのものが「破れ去っている」ということだ。次は一九五七年の文章。

ただひとつのこと、ただひとつのことだけが私には明らかである。すなわち、聖書のほかに、もはや私には一つも行き場所がないということだ。そうして、そのことから出て来る結論も、決意も、希望も何もない。ただ、自分が〈存在するもの〉として現にあるためには、そこよりほかに行く場所がまったくないということ。そして、その一つのことが、今の私の呼吸をかろうじてたすけているということ、存在者としての意識をささえているということなのだ。いま私は、それ以外のことを何も知ることができないし、知りたくもないのだ。私の信仰は、私の悲鳴に近いものだ。（8・28）

（「一九五六年から一九五八年までのノートから」）

結局、石原の「悲鳴」は信仰のどこにも、また聖書のどこにも辿りつかなかった。信仰もあるいは聖書も、信仰とは確信することではない、それは不安そのものだ、と確信せざるをえない石原はどこにも辿りつけなかった。石原は自分の意志の弱さを何度となく克服しようとする。崩れ落ちそうになる「姿勢」を意志の力でなんとか立てなおそうとする。

しかしどのような「姿勢」に向けて立てなおすのか。ある地平へ向けて。そしてその地平を石原は「救済」としかいえない。意志が挫け「姿勢」が崩れ落ちそうになるとき、その〈ある自分〉はどこまで墜ちてゆくことになるのか。おそらくは、経験された「事実」へ向けて。そしてその地平を石原は「罪」であるとしかいえない。

「罪」と「救済」が交差する地点に聖書が置かれる。だがその地点は「決意も、希望も何もない」場所だ。石原は後年、その「意味」も「根拠」も放棄してゆくかのようにみえる。放棄してついに、あるものはある、そのものはそのものだ、とするミもフタもない「事実」だけの地平に力なく墜ちてゆくかのようにみえる。

〈新しい人間〉とはだれのことか

「復活したキリストによって、私たちのまったく理解しない、まったく異質の新しい秩序によって、そのままの姿でささえられ」ることを願った石原吉郎が、「きのうとおなじ世界のなかで、なお立ちつづけるとき、世界がどのようにその意味を変えるか、意味を変えた世界をどのような〈自由〉において受けとめるか」。そしてそのとき石原吉郎という存在はどのように意味を変えるか。

これが石原が自身に引きつけた切迫したテーマであった。だが吉本隆明によって「自己凝視に習熟していなかった」と書かれたように、石原の自己省察は、自分じしんが弾けちりながら回転し続けるねずみ花火のような自己関係性のなかで、迷走し、奔逸し、かとおもうと佇立した。

帰国三年後の一九五六年、詩友たちとの濃密な交際の裏側で、石原はひとり次のような地点に立っていたのである。

背骨を一気におしひしぐような疲労のなかで、ほとんど二年間手にしたことのなかったバルトの『ロマ書講解』を読みはじめた。私はもう、このような浅薄な情念のなかで亡びて行くのがいやになった。私は一つの〈意味〉を知りたい。（7・13）

「背骨を一気におしひしぐような疲労」がどのような疲労なのか、「このような浅薄な情念」がどのような情念を指しているのか、そしてまた「一つの〈意味〉」がどのような意味を指しているのか、ほんとうのところはわからない。わからないままに、石原の志向がなにものかに収斂されていることだけが窺われる。

右の日録が書かれた同月下旬、『ロマ書講解』に導かれてはじめて〈新しい人間〉という言葉が「ノート」に書かれるようになる。石原はその想念にすがりつく。おそらく原体験を問いなおす過程で、戦後民主の論理からすれば「問いなおす主体」を確立する義務もなければ、問いなおされる主体としての責任もいっさいないにもかかわらず、問いなおし＝問いなおされる主体は、この凝縮する自分以外にはありえないという悪循環に眩(くる)めいた石原吉郎が、外部と内部から挟撃されながらほとんど祈りのようにして願ったのが、自分という「存在」のまるごとの新生、すなわち無限救済の究極のイメージとしての「新しい人間」への新生であった。いまさら「存在」と「存在性」の融和を願うのではなく、まったくの零から新たに自分を発見しなおすこと。それを妄念といえばいいえる。渇仰といえばいいえる。

次の二つの文章も一九五六年。

〈新しい人間〉ということ。私が、新しい人間にならなければならないということ。私の内側で、〈何か〉が新しくならなければだめだということ。そういうことが信じられると否とにかかわらず、そういう奇蹟が起らないかぎり、一切は無意味だということ。こうして私は新たな虚妄へ向って出発するのだ。（7・31）

まるで古い上着を脱ぎ捨てるかのように、まるっきり新しい〈人間〉への更新という「奇跡」が願われている。重要だと思われることは、石原が〈新しい自分〉と言わずに〈新しい人間〉と書いていることだ。いったい、自己の改変を通じて人間概念を一新する〈新しい人間〉への更新がほんとうに願われたのだろうか。そんなはずはない。旧い自分とはまるっきり次元のちがう〈新しい自分〉、それこそが〈新しい人間〉のはずである。

そのほぼ一ヵ月後の「ノート」。

私の内部で何かが変らなければならぬ。私はしょっちゅうその声におびやかされて、じりじりしている。「変る」ということはどういうことなのか。それさえ私にはよくわからない。おそらくそれは本当に私が変った時、はじめてはっきりわかることなのだろう。キェルケゴールは「自己であること」以外に、人間には何の希望ものこされていないといっている。おそらくそれ

が「変る」ということの真の内容なのだ。（8・23）

自分とはなにかと問う、その問いのなかにしか答えはないという陥没。あるいは答えがでたときには問いそのものが消失しているという転倒。それでもなお問わずにはいられない。一九五七年。石原の祈りにも似た思念はまだつづいている。ほとんど渇仰といってよい。

ああ、私は新しい人間になりたい！（5・7）

たとえ、どのような蹉跌があったにせよ、私は変らなければならない。私はまったく別の人間にならなければならない。私はすでに死滅しつつあるのだから、亡びつつあるのだから。私が変ることだけが、世界を全く、根底から変えてしまう唯一つの道なのだから。（9・16）

……〈新しい人間〉とは何か。それはおそらく想像もつかないようなことだろう。しかし、私が今まで悩みぬいて来た問題は、まさにこの〈新しい人間〉という言葉に圧縮されているように思われる。私は〈新しい人間〉になれるだろうか。「もし、なれなかったら」と思うと、恐怖が背すじを走るような気さえする。私の日々の希望は、この〈新しい人間〉になりたいということであり、もし今の私に、かろうじて喜びのようなものがあるなら、それは、このような私自身にもかかわらず、なお〈新しい人間〉というただ一つの希望が残されていることのためである。

（「一九五六年から一九五八年までのノートから」）（10・11）

追い立てられているような焦燥だけがあった。それしかなかった、といってもよい。空転に空転をつづける焦燥が摩擦熱を生じて白煙を吹きだす。身を灼くようなこの焦燥はいったいどこからくるのか。向かわんとする方向だけがわかっている。〈新しい人間〉。

だが、それに到る道程も方法もその意味もいっさいが不明のままだ。ただ「変る」ことへのやみくもな渇望に憑かれた石原吉郎があるだけである。「問いなおす主体」の確立というウロボロス的な試みに倦み疲れた石原が、もうどうでもいいから一条の光りでおれを照らし、まるごとの転回をさせてくれ、と悲鳴をあげているようにみえる。

〈新しい人間〉などというと、世俗的な存在とは次元を異にする未知の超越した存在のように聞こえ、その意味で、意志して「なろう」としてなれる人間ではなく、むしろ悟りが落ちてくるように、「なってしまう」人間のように思われてくる。むろんなれることなら、それにこしたことはなかった。

「私は――信じる」ことができない

〈新しい人間〉とは新約聖書のなかの「ロマ書」の言葉である、と石原は書いているが、わたしが読みえたかぎりでは、「ロマ書」に〈新しい人間〉という言葉はない。それに類する近似的な記述もない（もし見落としているならごめんなさい）。しかるべき『聖書辞典』にあたってみると、『新約』のなかに〈新しい人間〉という言葉らしきものが見いだされるのは、わずかに「コロサイ書」と「エペソ書」および「コリント書」だけである。該当する部分に傍点を付す。

……互に虚言をいふな、汝らは既に舊き人とその行為とを脱ぎて、新しき人を著たればなり。この新しき人は、これを造り給ひしものの像に循ひ、いよいよ新になりて知識に至るなり。

（「コロサイ書」）

彼は我らの平和にして、己が肉により、様々の誡命の規より成る律法を廢して、二つのものを一つとなし、怨みなる隔の中籬を毀ち給へり。これは二つのものを己に於いて一つの新しき人に造りて平和をなし、十字架によりて怨みを滅し、また之によりて二つのものを一つの、體となして神と和がしめん為なり。

（「エペソ書」）

〈新しい人間〉という概念はカール・バルトの『ローマ書』第五章講解のキーワードである。ここに引用した「コロサイ書」や「エペソ書」でいわれている「新しき人」という創造的な存在が、バルトのいう〈新しい人間〉だと考えられるが、しかし『ローマ書』第五章講解の文脈からいえば、バルトはおそらくこの言葉を直接的には「コリント書」のつぎのような文章から導いていると思われる。

人もしキリストに在らば新に造られたる者なり、古きは既に過ぎ去り、視よ、新しくなりたり。

（「コリント書」）

典拠がいずれにあるにせよ（しかし、「ローマ書」講解なのだから、そこに〈新しい人間〉という言葉がないのもよくわからないのだが）、バルトは「かくの如く信仰によって義と宣せられ、われわれはわれわれの主イエス・キリストによって神と和解した」という「ロマ書」の一節を引いたうえで、〈新しい人間〉というテーマを解説してゆく。

そのカール・バルト著『ローマ書』。第五章「黎明」の第一節「新しい人間」。

われわれがあえてわれわれの信仰を考慮に入れるなら、われわれはまた信仰的性格をもった《われわれ》、すなわち新しい人間、まだ到来しはしないが間近に迫った神の日の人間、をもあえて考慮に入れなければならない。信仰によってわれわれは神に義と宣せられた者という身分になる。われわれは、単にわれわれ自身たるばかりではない。われわれは信仰によってわれわれの実体にないものになった。「無限の情熱」（キェルケゴール）をもって日常的人間生活の中に侵入し来たる不可視的なもの（可視的には真空でしかないもの）、あらゆる人間的理性の立場からはいついかなるところにおいても否定せられるばかりであるが、まさにそのためにいついかなるところにおいても完全に確認せられるもの、われわれには無限に延びる双曲線の両分肢間にある零点としか見えないが、まさにそうなればこそ未聞の仕方で終わりとなり始めるもの――それが「信じる」という述語の主語たる新しい人間である。この主語が、主語たるその本性からして、私の実体たるものすべてを絶対的に超え、これと根本的に異なるかぎり、それは私でない。そしてこの主語の行為、すなわち信仰というその述語が、その主語と私とを同一者と認めるところに成立するかぎり、この主語は私である。キリストの死と復活を徴とするところ、死者を生かし有らぬものを有る如くに呼びなし給う神を認識するところに、新しい人間が現れ、――私が《上からうまれる》。すなわち最も強い意味で私ならぬ者が私自身となる。けれども、私と新しい人間とが同一人であるというこの未聞事は、ただこの述語を付することによってのみ真理となる。

（『カール・バルト著作集14「ローマ書」』吉村善夫訳・傍点原文）

どういうことなのだろうか。わかったふうな顔をすることさえできない。無理やりに言葉を絞りだしてみると、ようするにここにはたったひとつの最も単純なことが、およそ最も単純な真理であるかのように述べられているだけのように思われる。すなわち「信じる」という一事によって、わたしでありながらわたし（実体的）ならざるわたし（超越的）が新生する、ということだけが。

けれど信仰を自分の内部にもたぬ人間にとって、このバルトの言葉はほとんどどんなリアリティをも喚起することがない。神にたいするたったひとつの関係化に自己の存在性を託すと同時に、神からの被関係化に己の存在性をすべて委ねること、いわば神との一元的な関係に凝縮してゆくこと。そのようなことが語られているように見える。だがこのような信の関係に一度たりとも自分の存在を預けたことのない人間にとって、バルトの言葉はどこまでも彼岸なき観念にしか見えないといわざるをえないだろう。

新しい人間の存在はわれわれの非存在以外にない。けだし、新しい人間の根原が具有する圧倒的な力は、彼がイエスの死を通して顕われた神の奇跡であり、神の始源であり、神の創造であるということにあるのであるから。（バルト前掲書）

わたしなら「わけわからんことといってんじゃない」と一言のもとにあっさり放棄して恥じ入らぬところを、みるところ石原は信仰者として誠実すぎるほど「新しい人間」に憑かれ、そして躓いた。実体としての愛がないところに、「愛」という言葉だけが先に落ちてき、「愛」という言葉によって愛のない自分がたまさか拉致されていくように、いきなり「新しい人間」という言葉が落ちてきて石原をがんじがらめにしたように見える。これもまた「ないものねだりの Nowhere」というべきか。それとも、ないものねだりの Somebody か。

……私がついに私自身から逃れることができず、最後までこの私自身しか生きることができないとしたら、〈新しい人間〉とは私にとって最も無意味な言葉ではないのか。このことについて、現在の私はただ、比喩をもって次のように考えるしかない。〈新しい人間〉とは、今のままの人間が今のままの姿で、今とはまったく別の新しい光りに照らし出された姿である、と。もしそうであるなら、それは〈新しい人間〉へ飛躍する力は、私の中にはないということである。それは、何かとの〈邂逅〉によってしか起こりえない。その光りが復活の光りであるとは、今ただちに口に出してはいえないにしても、私はそのような光を、今はキリストの復活の方向にしか予感できないのだ。

（10・16）

（「一九五六年から一九五八年までのノートから」）

「今のままの人間が今のままの姿で、今とはまったく別の新しい光りに照らし出された姿」という言葉が、バルトの考えを石原的になぞったものであることはあきらかである。石原にとってこの思念は執拗であった。第一章でふれた「肉親にあてた手紙」のなかで、石原は実弟相手に（あるいは世間を相手に）「私が私自身をキリスト教徒であると告白できるのは、私たちの全く理解しない、私たちとは全く異質の新しい秩序によって私自身が力強くささえられているからにほかなりません」と、あたかも自分がすでにその境位を獲得しているかのように偉ぶってみせた。だがそれは自分の「存在性」を理解しようとしない者たちに拮抗しようとし、凌駕しようとする強がりが言わせた言葉だった。世人にはうろんな「キリスト教」などを持ちだして横ざまに優越しようとする意識だった。

石原は「もしそうであるなら、それは〈新しい人間〉へと飛躍する力は、私の中にはないということである」と書くが、もちろん石原の「中」にはなかった。だれの「中」にもない。それでもなお求めつづけた姿勢だけが石原吉郎の誠実だ。

新しい人間と旧い人間とが同一人たることを認めるためには、必ずや前者と後者との間に「私は――信じる」という不気味な述語を挟み、恐ろしい死の谷を信仰によって通り抜けなければならないという自覚をもたなければならない。

（バルト前掲書）

けれど、ついに石原にやって来なかったものは、この、「私は――信じる」という事態である。信じようとして信じきれぬ『聖書』。否定しようとして否定しきれぬ旧い自分。

「なんじは」と聖書が呼びかける時の、その〈なんじ〉とはほかならぬ私自身である。もし、それが私でなかったら、聖書は私にとってただ空虚な古典であるにとどまる。〈なんじ〉が私でないもの、それを通じてただ間接に語りかけてくるにすぎない不特定多数への呼格であるならば、私は聖書を読むことによって、ただ無意味な気ばらし、勿体ぶった浪費を行なっているにすぎないのだ。だが聖書の呼びかける〈なんじ〉が他ならぬ私であることを、だれが一体保証してくれるのか。

（10・24）

（「一九五六年から一九五八年までのノートから」）

石原の信仰の根底にあったのは「受洗という事実」であり、その「事実」からもたらされる自己責任への意志であった。だがバルトのいう信仰とは人間的意志であるよりもむしろ、ほとんど神意によるもののように思える。そうであればこそ「聖書の呼びかける〈なんじ〉が他ならぬ」石原であることを神が「保証」してくれるのだが、石原の意志はそれを信じることができない。なぜなら石原の意志を意志たらしめている空虚と絶望、その意志の奥底にとぐろを巻いている空虚と絶望が、つねに石原を「存在性」の底に引きずり込もうとしているからだ。そしてこの空虚と絶望なら、ほかならぬ石原じしんが、すでに幼少期から徹底的に「保証」しているものなのだ。

＊

石原吉郎はここに至ってほとんど諦念する。〈新しい人間〉という概念を手放しかかっている。なによりも「キリストの復活」という虚脱した一語がそのことをあからさまに示している。閉じられて循環する自己関係性を超越的な力で横ざまに引っ繰り返してくれ、と言っているようなものだからだ。

石原のいう〈新しい人間〉に世俗と超俗が混在していたことはたぶんまちがいない。超越的な〈新しい人間〉を希求した石原はたしかにいた。けれども超越的な〈新しい人間〉への新生だけを願ったといえば嘘になり、世俗的な〈新しい人間〉への再生が真に願われた、といえばほんとうになるはずであった。そして石原はまさしくほんとうのことをいったのだ。

次の文章も一九五七年。

「性格というものは、変えることができるものなのだろうか」。これは今から十七年前、東京の兵舎の一隅で、一人の友人に私が行なった質問である。それが私にとってどんなに重大な質問であるか、彼はおそらく知りもしなかった。（略）つまりその頃から、私は〈性格〉という言葉で代表される自分の存在理由を疑っていたし、強く嫌悪していたし、重荷でならなかったのである。自己を脱出したいという願いは、その後どんな時でも私を離れたことはなかった。

（2・5）

（「一九五六年から一九五八年までのノートから」）

自分の性格という宿痾から脱却するためだけなら、世俗的な〈新しい自分〉への再生だけが求められればよかった。そしてそのことだけなら必ずしも不可能なことではなかっただろう。しかしいまや、その性格が、ごく普通の人間の一生において、体験すべきではない体験をじかに体験し、その性格じたいを、見るべきではない底の底まで見つくしてしまい、なおかつその性格のまわりに、付着させるべきではない体験をにかわのようにまとわりつかせたままでは、もはや性格という宿痾から脱却するためだけの、たんなる世俗的な〈新しい自分〉への再生などではなんの本質的な更新にもならなかった。その性格が以前の性格を呼び戻すか、あるいは新たなる性格を性懲りもなく追い求めはじめることはあきらかだったからだ。

自分から逃れようとすればするほどその自分が後から追いかけてくる。〈新しい人間〉という幻影を追えば追うほど、その幻影を追わざるをえない自分の唾棄すべき性格が後ろから追いかけてくる。石原はそのことに気づいている。「私がついに私自身しか生きることができないとしたら……」。石原が渇望したのは、じつに自分で自分を追い抜こうとする背理であった。

バルトの〈新しい人間〉という言葉が石原にとってどれほど新鮮に映りどれほど希望をあたえるものであったか。なにかわからないがとにかく〈新しい人間〉として新生することができるなら、幼少期から苦しめられた存在不安や性格不安から、シベリアのすべてから、そしてまた帰ってこなかった〈最もよき私自身〉から解放されることができる。〈ある自分〉に石原吉郎という名前をあたえ、その存在を自分じしんで証明し承認しようとするいっさいの不可能な精神的苦痛から解放されることができる。ようするに根源的な喪失感から解放されることができる。

信じるということ、然り、救済を信じるということは、何らかの救済を既有し、何らかの確信や平静や安全や明朗をあらかじめ獲得した上でなすことではなく、むしろ騒乱のまっただ中で、然り、人々の心の奥底までもゆるがすこの救われざる世界の混乱のまっただ中でなすことである。

（バルト前掲書・傍点原文）

石原は疑いもなく「騒乱のまっただ中」で救済を願った。ただしこの救われざる〈ある自分〉という混乱のまっただ中でである。そしてこの〈ある自分〉にどうしても落ちてこなかったのが、「私は――信じる」という確信であった。

たどりついた勇気の証

「一九五九年から一九六二年までのノートから」の、その一九五九年の一等最初の書きだし部分に、石原はすこしだけ希望に満ちたことを書いている。「この一週間ほどの間、私としては非常に珍しい状態にある。それは、私がとも角も私自身の気分にたいして抵抗しはじめたことだ。（略）／自分自身にたいして少なくとも意志らしいものを持ちはじめたこと。これは不思議なことだ。シベリア以来の私にとっては、初めての新しい状態であるといえる」

この記述のあと、石原はあきらかに意識的に、「私」という主語のかわりに「僕」という一人称を採用しはじめている。のちにはすっかり「僕」が「私」にとって変わるようになる。「僕」と書くことによって、石原はどんなわずかなことであれなんらかの変化が生じることを期待した。

だが石原吉郎は一九五七年の（10・16）の記述以降、公表されているどの「ノート」のなかにも、またどのエッセイや詩のなかにも、もはや〈新しい人間〉という言葉を書き記してはいない。ただ、消え落ちるまえの最後の一閃のように、かろうじて「変わる」という言葉が絞りだされているだけだ。しかし心はもはやそれをささえきれてはいない。〈新しい人間〉への希求は終えるべくして終え、かわりに「救い」というもっと直接的な言葉に石原の全存在が傾いていく。

一九六一年。

……何かが変わらなければならぬ（そしてそれは一切が変わることなのだが）という感じが

今ほど切実なことはない。……自分自身が存在として、まったく破れ去っていること、その破れのまったただなかから「僕を救って下さい」という声を、全身をもって叫ぶこと、そのことを除いて、僕が存在しうる契機はもはやなにひとつ残っていない。（1・11）

（「一九五九年から一九六二年までのノートから」）

ただひとつのことが私には明かである。真剣になること。真剣に〈それ〉を求めること。それ以外に私には救いはない。

いかなる救いも信じることはできぬ。ただ一つほんとうの救いをのぞいては。

私が真剣に、死にものぐるいになって求めなければならないもの——それを私は〈救い〉であるとしかいえぬ。（同前）

どうであれ、これが石原の現実的な意志であった。〈それ〉とはなにか。「ほんとうの救い」とはなにか。石原にそれがあきらかだったとは思えない。〈これ〉と明確に名ざしえないゆえの〈それ〉。「真剣に、死にものぐるいになって求め」ようにも求めようがなく、それゆえ願いはいたずらに空転に空転をつづけ、そのなかでさらに焼玉のように身を焦がすほかはない。けっして自分にだけはやってくることのない「ほんとうの救い」。ただひたすらに「求める」という姿勢だけが、逆に石原吉郎の絶望の底の深さだけを残した。そのようにいうしかない。

＊

わたしは香月泰男の言葉を思い起こす。彼は収容所のなかでいかなる幻想に憑かれることもなく、また帰国後の生のなかで、〈新しい人間〉への新生といった観念に投身することもなく、あるがままの自分をそのまま受容することによって、絶望の底をいともたやすく打ち抜いた（ようにみえる）。このようにである。

私は今、この美しい冬らしくない冬の古里で最も冬らしかった冬の夜昼を想い出しています。また生きのびるためにした恥ずかしい様々な行動も。が、それが私の本当の姿だったと思っています。

（香月泰男『私のシベリア』傍点引用者）

〈最もよき私自身〉といった自己陶酔はここにはない。あるのは私という現象はすべて私である、という強靭な自己承認である。香月泰男は自分を処罰しているわけでも、また免責しているわけでもない。ましてや自己肯定しているわけでもない。「それが私の本当の姿だった」という言葉は、自己存在性のあるがままの自己受容とでもいうほかないものだ。この言葉だけをとりあげていえば、香月の自己関係性には一点の曇りもないというべきある。もちろんまかりまちがえば、自己の単純きわまりない無限肯定や敗北主義に陥りそうな危うさはありそうなものの、この自己受容はすくなくともおこりうべき自己欺瞞への頽落からひとつの存在性だけは救出しているということができる。

むろんわたしは、香月のこの姿勢がまるで棚からボタ餅のようにいとも簡単に落ちてきたなどと蒙昧なことを考えているわけではない。でなければあの圧倒的な画業が存在するはずもなかった。香月泰男の最終的な自己受容は、石原に倣っていえば、あきらかに香月泰男がたどりついた「勇気の証である」。

いったい石原に、石原が「たどりついた勇気の証」はなかったか。『望郷と海』を読みかえすなかでつぎのような石原の言葉に遭遇し、わたしは少なからず目を見瞠る。「一九五六年から一九五八年までのノートから」の一番最後の日の記述。


……私たちのまわりには沢山の事件があり、かぞえ切れないほどの教訓が転がっているにも拘らず、私は自分自身に対して、いかなる決断をなすことも、責任を負うこともできない。これが、私のありのままの姿だ。これが私のリアリティである。

そうして、私がそのような自分自身を承認するということは、私にとって新しい意味をもつ。私が日記を書きしるす時、かならず何らかの倫理的な義務を自分自身に強いるのは、実は、現実の自分を凝視する忍耐と勇気に欠けているからにほかならない。自らを凝視する勇気のないところから、ついにいかなる希望も湧いては来ない。もともと文学とは、私にとってそのようなものであったはずなのだ。私は日記の中で、たえまなく自分に絶望し、自分を叱責し、自分を激励するが、現実はもとのままである。

なぜそうなのか。それは私には分からないが、自分の現実の姿を承認することなしには、私にとってはどんなささやかな前進もありえないだろう。私はこういう人間である。私はこういう人間であるほかに、ありようがないのだという確かな認識以外の場所から、私は出発してはならない。ありえざる理想像の高みから、自分を見おろし、叱責し、絶望するほど不毛なことはない。（4・4）（傍点引用者）

石原も一度はこのような自己受容の地点に立とうとしたことがあったのだ、ということに不意をつかれる思いがする。だがこの地点に踏みとどまるためには、おそらく石原は過剰でありすぎた。過少でありすぎたと、いってもおなじことだ。あるいは凝縮しすぎた。拡散しすぎたといってもおなじことだ。

〈存在性〉のあるがままの自己受容とは、いわば他者にたいする関係化の行方（受容・拒否・無視）も、他者からの被関係化の落ち着くさきもすべて、他のいかなる関係性に転化したり媒介したりせずに、そのままの形ですべての結果を承認することである。この姿勢はいうまでもなく、すべての価値判断を除外した自己凝縮の一形態である。

石原吉郎と香月泰男はこの自己受容という点で一致している。ちがうのは香月のそれが起点であるのにたいして、石原の自己受容は終点であるということだ。それゆえに、たとえ石原と香月がコインの裏表のように酷似しているようにみえようとも、かれらは永遠に背中を向けあったままである。石原吉郎にとって香月泰男の言葉ほど無縁なものはなかったし、またこれほど必要とした言葉もなかった。一九六二年の記述。

僕にとって、およそ生涯の事件といえるものは、一九四九年から五〇年へかけての一年余のあいだに、悉く起ってしまったといえる。そしてこの一年によって、生涯の重さが決定してしまったと考えるとき、僕の人生は頽廃せざるをえない。現にそのようにして、僕自身の生活は頽廃しつつある。

（「一九五九年から一九六二年までのノートから」）

畑谷史代の『シベリア抑留とは何だったのか』に、大野新が書いたエッセイ「虚の顔」が紹介されている。大野は一九六六年、石原からこのような言葉を聞いたという。「いやな自分が、手で払っても払ってもついてくる。ふりかえると、そこにいる」「そんなときは、自宅近くの古い墓地まで歩いて行き、倒れた墓石を起こしてそこに刻まれた文字を読んだり、墓の間にじっとうずくまっているのだと」。

石原吉郎が「たどりついた勇気の証」は、体験の追体験でもなければ、「告発」の断念でもない。『聖書』との格闘でもなければ、信仰への不安でもない。〈新しい人間〉への新生の願いでもなければ、「ほんとうの救い」への渇仰でもない。ましてや『石原吉郎全集』全三巻に集成された文章でもない。そのすべてだといってもいいが、たぶんそうではない。

誤解をおそれずにいえば、頽廃すべきときにまっとうに「頽廃」できたことである。この「頽廃」をどのように言うこともできるだろう。またどのように批判することも可能だろう。だが「この一年によって生涯の重さが決定してしまったと考えるとき、僕の人生は頽廃せざるを得ない。現にそのようにして、僕の生活は頽廃しつつある」という、ほとんど正視に耐えない文章に拮抗しうるような批判が存在しうるだろうとは、わたしにはとうてい思われない。

▼第七章

単独　あるいは夢

「私は告発しない」

〈新しい人間〉への新生として正置されようとした絶対〈関係〉への願いは空洞化し、問いなおし＝問いなおされるという悪循環からも脱けでることのできなかった石原吉郎が、はじめて現実的に、そしておそらくは唯一の社会的な言葉を口にすることになる。石原にしてみれば、それは香月泰男の言葉に匹敵しうるような最小にして最大の言葉であった。

石原が身を立てなおしつつ、踏みしめようと決意した地点がすなわちここである。

私は告発しない。ただ自分の〈位置〉に立つ。

（「一九六三年以後のノートから」）

この言葉が書かれるためには、おそらく石原の内部で数万行の、いや無数の言葉がせめぎあい、そしてそのことごとくがこの一行のために遺棄されたにちがいない。

石原吉郎は、告発せず、という姿勢をフランクルから学んだといっている。しかしたとえひとりのフランクルが存在しなかったとしても、たぶんこの言葉は石原じしんの存在性からほとんど必然的に導きだされたはずである。

「告発」という行為は、それが表出された意識と同等の比重ではけっして回収されることがない。それはたとえば、責任を負うという行為が、その求責結果と同等・同質・同比重においては本質的に果たすことができない、ということと似ている。

だからあくまでも責任を負うという行為が次善の、あるいは欺瞞的な代償行為であるほかないのとおなじように、もしも〈最後の告発〉が可能であるとするなら、一見それが現実的にはどんなに無意味に見えようとも、ついにそれは「告発」の二文字を捨象するほかなく、次善には「告発しない」と宣明することによって回収されることを放棄し、事態を自分一個の存在性に局限すること以外にはない。石原が「告発」に内包される共同性（他者）の問題を完全に捨象し、「ただ自分の〈位置〉に立つ」という決意を事々しく表明したのも、すべてそこにかかっているとみなすことができる。

けれどもふたたび繰りかえすが、「自分の〈位置〉」なるものが石原のなかに確固たる不動の一点としてあったわけではない。それは依然として、無限救済を希求する「凝縮する姿勢」によって、そのつど現出する自己関係性の不安点にほかならなかった。もしかしたら石原は、「告発しない」という決意によってその不安点を地図上の明確な一点のように定着させることができるかもしれないと考えたのかもしれない。

あるいは問いなおし＝問いなおされるという悪循環を断つことで、無限救済と無限処罰のあいだで倒置されて動揺する存在性を正置し、現実的な「救い」の地平へ向けて歩みだすことができるのではないか、と考えたのかもしれない。だが事態はまさに逆なのだ。かれの位置の不安こそが、すなわち境界的な存在性こそが「告発」を不可能にしたというべきである。「告発しない」という姿勢は、けっして始まりではなくあくまでも結果にすぎなかった。終点としての自己受容とはそういうものであるほかないからだ。

石原の文章に即してみるなら、つぎのような自己関係化こそが無理矢理ねじふせられようとした石原の位置の倒錯をはからずもあきらかにしているだろう。この論理でいうなら、真っ先に告発されるべきものは、だれよりもまず石原吉郎本人ということになってしまう。

ことに戦場では、人間は積極的に行動したと考えられなくても、仮にも、逃亡しないでそこにふみとどまり、そして戦闘したのなら、その時は自己の自由意志のある部分で自分の態度を決定して、積極的に戦闘したということです。

（「告発について」）

ある偶然によって私たちを管理したものが、現実にしたがって私たちを人間以下のかたちで扱ったにせよ、その扱いにまさにふさわしいまでに、私たちが堕落したことは、まちがいなく私たちの側の出来事だからである。

（「強制された日常から」）

ここに引用したふたつの文章は、本来なら共同性（制度）による強制や恣意や無法に帰着させられるべき問題をも、最終的にはすべて自己責任へと引き絞って解消させてしまう、石原吉郎の関係化の特質を明確に示している。じゃあただの泣き寝入りか、といわれるなら、最初に泣いてしまったのはおれだからな、と石原はいうのだ。こんな人間に「告発」などできるはずがないが、ここは、石原に対する批判がもっとも集中する部分である。

たとえば、吉本隆明はそんな石原の態度を怠惰だという。

（石原吉郎は）戦争と戦後をじかに体験したわけですから必ずしも告発という形でなくとも、共同的なものとは何なのだということは考えられていいいんじゃないかと思うのに、ひとつもそれは考えられていない。

（吉本隆明・鮎川信夫『詩の読解』）

しかしあえて石原を弁護するなら、石原はそもそもいっさいの「共同的なもの」を信用していないのである。それればかりではない。すべての量的な思考をも信用していない。一対多という問題の立てかたを信用しない。「私は、広島告発の背後に、『一人や二人が死んだのではない。それも一瞬のうちに』という発想があることに、つよい反撥と危惧をもつ」（「三つの集約」傍点原文）自己凝縮する姿勢がそれを禁じているとも、あるいは資質的に「共同的なもの」にたいする関係化それ自体の回路が存在しなかったといってもよい。

たとえばまた、神山睦美はこのように書いている。

石原は国家の規範力を空虚なるものの絶対性としての〈運命〉とみなすいがいに、おのれの成熟しない存在の与件を根拠づけるすべがなかったのだ。あたかも「生母の愛」の欠如が〈個〉の意志の関与しない運命的な与件であったごとく、〈運命〉としての国家は、かれの存在の与件を完成するに与ったのである。

（前出「石原吉郎論」）

石原吉郎はたしかに国家の規範力を〈運命〉とみなした。しかしそのことが「かれの存在の与件を完成するに与った」というのはむしろ逆である。石原の「存在の与件」が国家の規範力を〈運命〉とみなすほかなかったのである。

石原にとって現実は不可避性としてやってきただけではない。もし自分が卑小で怯懦で堕落した存在であるなら、それは自分が進んでそうなったのだ、「自己の自由意志のある部分で自分の態度を決定して、積極的に」そうしたのだ、と石原は言ってしまう。ならば、わたしたちは神山の言葉をさらにこのように転倒しなければならないだろう。石原は国家の規範力を〈運命〉とみなしただけではない。むしろ「石原吉郎」という存在をこそ〈運命〉とみなしたのだ、と。

生きられた者の倫理

「共同的なもの」にどうしても親和できない心性がある、ということをわたしは理解する（理解するどころではない。わたしがそうだ）。一種の関係障害といってよいかもしれない。石原がみずからに問うてやまぬことは、生きられた自己の、ただそれが生きられたというだけの理由によって負わなければならぬ、自己の無限責任である。生きられた動機や生きさせられた状況の如何にかかわらず、畢竟それを生きたのは自分以外ではない、というようにだ。そのとき石原は「共同的なもの」を弾き、同時に「共同的なもの」から弾きとばされている。

被害妄想というのではないが、このことはまた、なにかを喪失することは喪うだけの理由が自分の方にあるのだというような転倒された意識にも通じている。収斂して、行くところまで行くのなら、ありとあらゆることを自分一個に引き絞るしかない生それじたいの、度し難いまでの傲慢さと、自らの存在理由をめぐる果てしのない寂寥に陥没してしまう。望まれていた自己の巨大さと現にある卑小さのなかで途方にくれて、生きられなかった「共同的なもの」の半身への羨望を承認してみたりもする。残された半身が愛される人ならいうことはないが、かれはここでもまた不可能な問いをみずからにつきつけざるをえないのだ。生きていることによって生きていることを追い抜こうとするかのように。

つぎに引用する詩の「食事をしている」という部分を「生きている」という言葉に読み変えてもらいたい。

レストランの片隅で
ひっそりとひとりで
食事をしていると

ふいにわけもなく
涙があふれることがある
なぜあふれるのか
たぶん食べるそのことが
むなしいのだ
なぜ「私が」食べなければ
いけないのか
その理由が　ふいに
私にわからなくなるのだ
分からないという
ただそのことのために
涙がふいにあふれるのだ

（「レストランの片隅で」）

ひっそりとひとりで「生きている」と涙があふれることがある。なぜあふれるのか。たぶん「生きる」そのことがむなしいのだ。「誤植」のようなこの「私」がなぜ「生きなければ」いけないのか。その理由がふいに「私」にわからなくなるのだ。

しかし生きられなかった半身ならこんなことを思いもしなければ、ましてや涙なんか流すはずもない（このような浅い読み変えはほんとうはよろしくない。鮎川信夫との対談で石原は「このごろ、いやいやめしを食っているようなこともあるんですね。食うこと、そのことがいやでしょうがないというような」(「生の体験と詩の体験と」)と発言している。おそらくその言葉どおりに読まれるほうがこの詩はもっと切実には違いない)。

私が―生きるということ―の―理由。なぜこの「私」が、なぜ「生き」なければならないか、そのことがわからない。けれどもそれを問うことは、ほとんど〈存在すること〉における背理である。石原にとっての「倫理」が原罪に酷似した観念であったように、この不可能な問いは、〈存在すること〉の原責任を問いつめているように思われる。このような認識にとって、権利や義務の観念が完璧に無効であるのはきわめて当然のことである。

けれど注目すべきことは、権利が存在しないのに「倫理」だけがそこにやってき、義務が存在しないのに責任だけが存在性を浸蝕してくることだ。それゆえにもし「告発」されるべき対象が存在するのなら、それはほかならぬ「私」自身でなければならない。関係化の行方をみずからに反照させ、他者からの被関係化をも自分からの関係化と見做さざるをえない自己の無限責任、それこそが問われなければならないのだ。

だから「告発しない」というのは逆に最大の告発である、といった政治的な駆け引きは石原には微塵もない。そのようなうがった見方は無効である。これは共同性に相対する〈個〉の問題ではない。〈個〉という絶対性の問題である。さらにいうなら偶然にも「石原吉郎」という名前をもってしまったひとつの存在性だけの問題である(とはいえ、石原がひとりの他者へのまなざしを失ったことはない)。そして石原はたぶん自分の考えが必敗の、追随の、補完の、正当化の倒錯した論理にすぎないことを知っていたはずである。

むろんそうしたければ、わたしたちはこのような石原吉郎の考えを嘲笑することができる。たとえばわたしたちは「人を殺すことは罪である」というだろう。しかし同義反復の世界にその全身をおいた人間にとって、そのような法社会的な観念はなんの意味ももたない。ここでも石原のいいたいことはこうである。「人は死ぬべきではない」。

人は死ぬ。ただひとりの例外もなく死ぬ。そんなことは百も承知のうえで、なおも「人は死ぬべきではない」と言いつのろうとすることは、「共同的なもの」の理不尽な恣意をみずからの主体性の問題にすり替えた石原が、死という自然の理不尽さだけはけっして承認しようとはせず、理不尽なものには理不尽な言葉を対置するほかないという姿勢を示したことを意味している。それが自然死であろうと強制された死であろうと、死は人間にとって最終的な敗北である。そしてこの敗北だけは石原がなんとしても主体化できなかったなにものかなのだ。

たぶんこのような言葉が落ちてゆく世界は、すべての観念が発生する以前の、あるいはすべての観念が排除された、ただ生起することだけが生起するという同義反復の世界である。そこではもはや言葉さえもが意味を失って死滅するほかはない、いいかえれば「一日が一日である」だけの、関係性をいっさい欠いた、存在だけの原初的な世界である。あることはある、生じることは生じる、起きたことは起きたことだとする世界のことだ。

そしてそのような世界から「告発」という言葉が発生してくることはありえなかった。その言葉は石原にとって、あくまでも「死ぬべきではない」死を余儀なくされた死者の言葉であって、けって生者の言葉ではなかった。石原は、生者には死者を代弁する傲慢さは許されていないと考えたはずである。むしろその生者こそが死者によって告発される、と考えたのだ。このようにである。

いまやようやく死者が、生者を告発するときである。生きのびた者が、生きのびたという事実のほんとうの意味を理解もせず、生者が生者を告発し、死罪を宣告することによってわずかにつぐないを果たしえたと思った時代は終った。いまは、生者が最終的に死者によって告発されるときである。

(「死者はすでにいない」)

ラーゲリのなかの唯一の他者

石原吉郎がラーゲリで出会うことのできた〈他者〉はたったひとりである。すなわち石原の読者には周知の、伝説的な人物である鹿野武一である。

鹿野武一と石原吉郎は昭和十六(一九四一)年、情報要員を養成する東京教育隊の高等科ではじめて会っている。鹿野は陸軍の奈良露語教育隊、石原は大阪露語教育隊に所属していたが、成績優秀者が東京の高等科に集められたのである。ふたりとも相当のエリートだったことがわかる。

鹿野は石原の三歳年下である。翌年ふたりは関東軍情報部のハルピン機関に配属となるが、鹿野はその翌年に召集除隊となっている。石原の自筆年譜によると、その後の鹿野についてはこのように書かれている。

「（鹿野は）開拓医志望の初志を捨て、一介の開拓民として入植した。鹿野のその後の行動を表向きに決定したのはこの出来事だったといえる。（……）東北の貧農出身者がしゃにむに根をおろした開拓部落で、彼が疎外され孤立したのは当然の成行きであったというしかない。ただこれらの過程とその後の過程を通じて、彼の生き方につきまとったニュアンスは、自己を『試みる』という姿勢であって、それは彼の古い東洋哲学的な素養と、医科学的な素養の双方にかかわるものであろう。こうした彼の姿勢は多分に生態実験的なニュアンスを帯びてくる」

そして敗戦の年、ふたりは相前後してシベリアに抑留される。

鹿野武一は石原吉郎にとってかけがえのない存在であった。石原は鹿野の妹登美に宛てた手紙のなかでこのように書いている。日付は一九七三（昭和四十八）年二月十九日。「鹿野君については、シベリヤの環境で、例外的な生き方をつらぬいた日本人としての証言をのこす義務のようなものを常に感じておりました」「実際に自分の目で鹿野君の生き方を見たことは、私にとって決定的でした。現在の私のものの見方、考え方は、鹿野君の影響をぬきにしては、とても考えられません」（『石原吉郎全集Ⅲ』）

鹿野にたいする石原のオマージュは、鮮烈な記憶として残されたつぎの三つのエピソードに集約されている。

ひとつは、作業現場への往復のときに囚人たちは五列に隊伍を組まされるが、「鹿野は、どんなばあいにも進んで外側の列にならんだということである」。なにかの拍子によってでも（たんによろけただけでも）一歩でも隊列の外に出ることは脱走行為とみなされて警備兵によって射殺されることを意味したというから、鹿野はあえてその危険に身を晒したということになる。
ふたつめは、多くの囚人たちが精神の恢復期を脱けだしはじめた頃（昭和二十七年――石原と鹿野が帰還する前年）に起きた鹿野の絶食である。

メーデーの前日の四月三十日、鹿野は、他の日本人受刑者とともに、「文化と休息の公園」の清掃と補修作業にかり出された。たまたま通りあわせたハバロフスク市長の令嬢がこれを見てひどく心を打たれ、すぐさま自宅から食物を取り寄せて、一人一人に自分で手渡したというのである。鹿野もその一人であった。そのとき鹿野にとって、このような環境で、人間のすこやかなあたたかさに出会うくらいおそろしいことはなかったにちがいない。鹿野にとっては、ほとんど致命的な衝撃であったといえる。そのときから鹿野は、ほとんど生きる意味を喪失した。
これが鹿野の絶食の理由である。

（「ペシミストの勇気について」）

三つめはこのことに関連している。鹿野の絶食は収容所当局からレジスタンスとみなされて執拗な尋問が行われた。その結果、鹿野の行為を不問に付すかわりに日本人受刑者たちの情報提供者（スパイ）にならないかという交換条件をほのめかしはじめた取調官にたいして、鹿野はこういったという。「もしあなたが人間であるなら、私は人間ではない。もし私が人間であるなら、あなたは人間ではない」（同前・傍点原文）。石原はこの一文字一文字のすべてに傍点をふったうえで、「その時の鹿野にとって、おそらくこの言葉は挑発でも、抗議でもなく、ただありのままの事実の承認であっただろう」と書いている。

石原はこの言葉を取調べから帰ってきた鹿野からじかに聞かされている。正直にいって、鹿野のこの言葉からわたしがなんらかの感銘を受けることはむつかしい。ただ石原の「ありのままの事実の承認であっただろう」という解釈はちがっているように思われる。そういう「ありのままの事実」などどこにはありはしないからだ。鹿野にしてみればそれはレトリカルな「抗議」であったとわたしは考えるが、それを「ありのままの事実」と読みちがえたのは、たぶん石原が「人間」という意味を転倒して受けとったからである。

けれども石原にとってこの言葉は、帰国した自分じしんにつきつけられた言葉として蘇ってきたのではないか（もちろん石原はそのようなことはひと言も書いてはいないが）。強制収容所に「適応した」自分が人間なら、「生きて帰って来た」自分は人間ではない、「生きて帰って来た」自分が人間なら、強制収容所に「適応した」自分は人間ではない、というように。

石原吉郎が鹿野武一という存在性のなかに見たのは徹底した単独者の現実の姿である。鹿野が自分の存在の放棄を賭けてまで対峙しようとしたのはなんだったのか。私が―存在する―意味、を試すことだったように見える。人間のあいだで、私―という―存在が絶望し、人間によって、私―という―存在が絶望し、人間のまえで、私―という―存在が絶望する。いずれにしても、人間によって単独者は敗北する。

理念的な単独者である石原吉郎はこのように書く。

私が知るかぎりのすべての過程を通じ、彼はついに〈告発〉の言葉を語らなかった。彼の一切の思考と行動の根源には、苛烈で圧倒的な沈黙があった。それは声となることによって、そのののっぴきならない真実が一挙にうしなわれ、告発となって顕在化することによって、告発の主体そのものが崩壊してしまうような、根源的な沈黙である。強制収容所とは、そのような沈黙を圧倒的に人間に強いる場所である。そして彼は、一切の告発を峻拒したままの姿勢で立ちつづけることによって、さいごに一つ残された〈空席〉を告発したのだと私は考える。告発が告発であることの不毛性から究極的に脱出するのは、ただこの〈空席〉の告発にかかっている。

（同前）

最初に、生まれでたことを告発し、ついで生まれ育った環境を告発し、親を告発し、時代を告発し、国家を告発し、戦争を告発し、天皇を告発し、スターリンを告発し、ロシアを告発し、ラーゲリを告発し、監視兵を告発し、同囚を告発し、日本人を告発し、そして唯々諾々とここまで来てしまった自分じしんを告発し、人間を告発し、神を告発し、それでもなお最後に残る〈空席〉とはなにか。だれも坐っていない席。わたしにはわからない。存在―することの―罪、とでもいえばよくできすぎた話か。

＊

石原は「単独者」が誕生する現実的な契機のひとつを、たとえば加害と被害の同在という場面にみた。加害と被害とがくるくる入れ替わるのだ。そのとき、私―が―存在すること、がその同在を不可避的に派生させる根源の場所にほかならなかった。それゆえそこでの罪とは、加害における罪であると同時に被害における罪でもある。

おそらく加害と被害が対置される場では、被害者は〈集団としての存在〉でしかない。被害において ついに自立することのないものの連帯。連帯において被害を平均化しようとする衝動。被害の名における加害的発想。集団であるゆえに、被害者は潜在的に攻撃的であり、加害的であるだろう。しかし加害の側へ押しやられる者は、加害において単独となる危機にたえまなくさらされているのである。人が加害の場に立つとき、彼はつねに疎外と孤独により近い位置にある。そしてついに一人の加害者が、加害者の位置から進んで脱落する。そのとき、加害者と被害者という非人間的な対峙のなかから、はじめて一人の人間が生まれる。〈人間〉はつねに加害者のなかから生まれる。被害者のなかからは生まれない。人間が自己を最終的に加害者として承認する場所は、人間が自己を人間として、ひとつの危機として認識しはじめる場所である。

(「ペシミストの勇気について」)

いうまでもなくこの文章は、行進の際に「どんなばあいにも進んで外側の列にならんだ」という鹿野武一の姿勢、さらにはまた「毎朝作業現場に着くと彼は指名も待たずに、一番条件の悪い苦痛な持場にそのままついてしまうのである。たまたまおなじ現場で彼が働いている姿を私は見かけたが、まるで地面にからだをたたきつけているようなその姿は、ただ凄愴というほかなかった」という鹿野の姿勢について書かれたものである。

罪、という言葉が使われているわけではない。しかし石原はその鹿野の行動について「自分で自分を過酷に処罰しているようなその姿を、私は暗然と見まもるだけであった」と書いている。集団であるということがそのままで被害者であり、そこから身を剝がすことがそのままで必然的に加害者にならざるをえないのはなぜなのか。そしてその位置からも脱落していくとき、ひとりの〈人間〉（単独者）が生まれるとされるが、それがなぜ「ひとつの危機として認識しはじめる場所」となるのか。被害者であって自立しえず、加害者であって単独となり、そこから脱落して危機を認識しはじめるとは、そもそも人間じたいの、存在―することの―罪に由来していることではないのか。でなければ加害―被害という概念そのものが成立しない。

第三章でもふれたが、石原吉郎のいう「人間」の意味は相当わかりにくい。「わたしにとって人間と自由とは、ただシベリアにしか存在しない」といい、そのシベリアを「直接に人間としてうずくまる場所」であったといい、そしてここでも「加害者と被害者という非人間的な対峙のなかから、はじめて一人の人間が生まれる。〈人間〉はつねに加害者のなかから生まれる」などという。石原は鹿野の「もしあなたが人間であるなら……」という言葉の「人間」という意味を量りちがえ、もう後戻りできないまでに転倒してしまったのだと考えざるをえない。

彼は進んで加害者の位置に立とうとした。誰に。自分に。自分自身への加害者として。（略）／

彼の行為を自己否定ないし自己放棄とみなすことから、ようやく私は、自己処罰ということばに行きあたった。自己処罰とは、自己を被告に見たてての訴追ではない。彼の自己追求の過程のいちじるしい特徴は、自己を自己が裁く法廷を欠いたことにある。法廷とは有罪を争う論証の場である。併し、すでに有罪であることを確信する者にとって、いかなる法廷、いかなる論証の場があるか。／人間は本来なんびとを裁く資格も持っていない。なぜか。人間は本来「有罪」だからである。（「体制と自己否定」）（傍点原文）

たしかに、「私は告発しない」という決意は、〈集団としての存在〉（＝被害者）に己の身を置くことができず、またそこから身を剝がすことがそのままで加害者にならざるをえない石原が、加害であることによって被害、被害であることによって加害という悪無限の関係化の磁場から、「進んで脱落」するために発することのできた精一杯の言葉であったといってよい。おそらく石原は、最後に残されたたったひとつの〈空席〉に、存在すること—の—罪—を担う—私—は告発しない、という姿勢そのものを置いたのだ。なぜか、「人間は本来『有罪』だから」だ。

石原はそのことによって、「加害者と被害者という非人間的な対峙のなかから」脱落し、鹿野武一に見られたような明確な〈単独者〉の生誕を自分のなかに見ようとした。

だが「加害者の位置」からの脱落はどのようにしてなされうるのか。自分から「進んで」被害の側に脱落していくこと。そのことによって被害の側に回ったという逆のヒロイズムが相対化される。かれは双方の「害」意識から解き放たれるが、自分から「進んで」脱落したことによって、実「害」の可能性はあえて甘受しなければならない。そのことだけが唯一の方法なのだ。

しかし、「一切の告発を峻拒したままの姿勢で立ちつづけることによって、最後に一つ残された〈空席〉を告発した」と考えたのはあくまでも石原吉郎であって鹿野武一ではない。「人間は本来『有罪』だからである」という断罪も鹿野の与り知らぬことだ。鹿野にはおそらく告発の意志もなければ単独者としての意識もなかった。上昇志向がなく、無名に埋没しようとした。だからこそ逆に、鹿野は徹底した現実の単独者としてありえたのである。

真に加害と被害という磁場から「脱落」しようとするならば、鹿野武一がみずからの存在性をかぎりなく存在の死に近づけていったように、自己存在の最終的放棄を承認する以外にはなかったのではないか。だが、これは想像だけでいうのだが、隊列を組むときに進んで外側の列にならぼうとも、進んで一番苦痛な持ち場に着こうともしなかった石原にとって(注10)、「私は告発しない」という言葉は最後の可能なかぎりの「脱落」であったといってよい。そのような石原を非難してもはじまらない。非難できることでもない。ただひとり石原吉郎じしんを除いては。


私が無限に関心をもつのは、加害と被害の流動のなかで、確固たる加害者を自己に発見して衝撃を受け、ただ一人集団を立去って行くその〈うしろ姿〉である。問題はつねに、一人の人間の単独な姿にかかっている。ここでは、疎外ということは、もはや悲惨ではありえない。ただひとつの、たどりついた勇気の証しである。

そしてこの勇気が、不特定多数の何を救うか。私は、何も救わないと考える。彼の勇気が救うのは、ただ彼一人の〈位置〉の明確さであり、この明確さだけが一切の自立への保証であり、およそペシミズムの一切の内容なのである。単独者が、単独者としての自己の位置を救う以上の祝福を、私は考えることができない。

（「ペシミストの勇気について」）

鹿野武一にとっては、たしかに「彼一人の〈位置〉の明確さ」はあったかもしれない。けれども責任、罪、救済というトリアーデに囚われた石原吉郎には、「〈位置〉の明確さ」を救うことなど金輪際ありえなかった。

自分が堕落したのなら、どのような理由があろうとも、堕落した責任は自分じしんが負わなければならぬという無限責任。だがひとは最も責任をとれないことの責任をどのようにとることができるのか。

そのような自分はどこまでも処罰されなければならない無限処罰。だがひとは最も処罰されるべきでない人間をどのようにして処罰しうるのか。

だがそれと同時に、その最も許しがたき自分はかならず救済されなければならないという無限救済（無限許容）。しかしいったいどうしたら、最も許しがたき自分、最も許しがたき行為を赦すことができるのか。

このような理不尽と不可能の絡まりに、どのような「〈位置〉の明確さ」も可能であるはずがない。あったのはただ、「無限」の問い詰めだけである。

「ただ一人集団を立去って行くその〈うしろ姿〉」に鹿野武一の姿を見、そして石原はできることならそこに自身の姿をも投影させたいと考えたのかもしれない。だが「私は告発しない」という言葉をラーゲリ体験を総括する唯一の言葉とするほかなかった石原は、あくまでも理念としての単独者にとどまっている。

だがそれは石原吉郎の限界でもなんでもない。むしろ理念としての単独者にとどまったことによって、みずからの人生において「頽廃」することのできたそのことこそが、ほんとうは石原吉郎の「ただひとつの、たどりついた勇気の証」だったというべきなのだ。

先に引いたような美しい文章で記憶してくれるひとりの理解者を持ったということは鹿野武一にとってなによりの「祝福」であり、またラーゲリのなかでひとりの鹿野武一に出会えたということは、石原吉郎にとってもなによりの「祝福」であったといわなければならない（注11）。にもかかわらずそれが石原にとっての手放しの「祝福」でありえなかったのは、「ただ一人集団を立去って行く」石原吉郎の「〈うしろ姿〉」がだれにも見届けられず、その姿を自分自身でさえも見ることができなかったことであった。

（注10）落合東朗は前掲書のなかで、「醜い場所取りに加わることなく、一列目と五列目に並んだ」「勇敢な男たち」に、「むろん石原も、そのなかのひとりに加えなければならない」と書いている。わたしは、それは怪しいと思う。そうでなければ、石原が鹿野の行為を特筆することはなかったはずである。

ちなみに、落合も抑留体験者だが、かれにも鹿野武一のような「強烈な印象を残した人物がいた」。抑留二年目、落合たちの作業班に配属されてきた「寡黙な男」で「風貌が際立ってすっきりしていた」。落合とおなじ二十歳。

落合たちはしゃもじ一杯の高粱粥を水で薄めて量を増やし、それを少しずつできるだけ長く食べることが常習となっていたが、かれは粥を「一気に口中に流し込むと、たき火で暖を取りながらひとり物思いにふけった」。みんなが作業を「適当にやろうぜ」といっても、かれは「誠実な仕事ぶりを変えようとしなかった」。落合がかれと一緒にいたのは一カ月にも満たなかった。落合はその後食事の取り方を変えた。「別れたのちも、かれと出会ったことが私にとって倫理的に大きなはげましとなった」。

（注11）相当長い（注）になるが、どうかご寛恕をお願いしたい。
鹿野武一（正確には、たけかず、と読むらしい）は大正七（一九一八）年一月二十六日、京都の鹿野薬舗の長男として生まれた。大阪府立一中（現洛北高校）をへて京都薬専へ推薦によって無試験入学。特待生だった。澤地久枝『昭和・遠い日近いひと』によると、鹿野の妻キエは、鹿野が帰国した翌日に、夫から長文の手紙を渡されている。鹿野が帰国した当日の夜書いたものである。

昨日の夜、舞鶴港を前にして、かなり波の高ぶった闇夜の日本海を走る興安丸のデッキから、白く光る波の山をみつめながら、自分が考えていたのは、自分自身の此の世での存在を一挙に清算する可能な手段を実行する勇気を、自分の身にあつめることであった。しかし、しかし、自分の勇気は遂に死の恐怖に打ち勝ち得なかった。そして暗い気持ちを抱いたまま船を下りてしまったのである。
二五年の矯正（ママ）労働という刑に科せられた後、監獄での数ヶ月、バームの冬のシベリア原始林伐採労働の半年は、腹が空る、何とかして食い物がほしい、人のものでも盗りたい、（略）この恥ずかしい気持ちを外に出すまい、抑えようとする努力だけで、自分の全精神が涸渇して了った。そしてこの期間に犯した自分の（そして他に誰も知らない）恥ずかしい行為の記憶が、徹底的に自分の自信を失わせたのである。（傍点原文）

鹿野は帰還船上で自殺を考えたというのである。また収容所にいた間にも「何とかして食い物がほしい、人のものでも盗りたい」と思ったこと、「この期間に犯した自分の（そして他に誰も知らない）恥ずかしい行為の記憶が、徹底的に自分の自信を失わせたのである」と妻に告白しているのである。

前出の落合東朗書にも、妹登美に宛てた手紙が紹介されている。帰国翌年の一九五四年十月二十四日付けである。「自分の年来の能力に関する一種の虚栄心、これは或る意味で自分達の年少時代の生活——学校の通知簿の評点が人生の最高唯一の価値であると思はされたあの頃の愚かさよ。自分が抑留生活の間、或る程度、真面目な働き者、そして勉強家（本を読むこと活字からの知識が多いこと）と一部の人々から思はれたのもその様なポーズを自分にとらせた一因はこの虚栄心でした。つまり自分はもう幼少年や学生ではなく、既に妻ある大人であり、しかもあの厳しい生活条件——人間をすっかり裸にしてしまふと思はれる捕虜生活の中でも自分は虚栄の皮をかぶったポーズをもった人間だったということです」

厳しい自己弾劾である。鹿野武一もまた石原吉郎とおなじように自分の性格に悩みぬいたのである。まるで双子のようだ。鹿野はこう書き残している。「どうして自分が本当に明るいみんなと一緒に朗らかに和して行く性格になり得るか」。

もう一カ所、引用しておきたい。鹿野武一という人間の誠実が現れている。

キエよ。自分は今その最后の手段をお前に求めている。お前こそ自分の最后の希望なのだ。私は身も心もすっかりお前になげかける。今の私は「男一匹」ではない。囚人生活の暗さに打ちひしがれたみじめな弱い男にしかすぎない。キエよ。解ってくれるでしょう。

最後の「キエよ。解ってくれるでしょう」がせつない。

鹿野のハンストについても、ふれておこう。前出澤地書には、鹿野の手記が一部引かれている。それによると、鹿野の絶食の理由はこういうことだったという。

…自分だけが孤独な、本当に愛情の欠けた存在に思われ、自分はもう誰とも親しみ得ない、本当に人を愛することが出来ない人間である様に思い込み、果は、たとえ何日かお前と会う日が来るにしても、もうお前をも本当に愛し切れないのだと考えるようになった。誰をも真に愛しえず、お前をも真に愛し得ないならば、最早や此以上生きるには値しないのだと…。

しかし鹿野武一はハンストを中止する。それは石原吉郎の「連帯絶食」による。「或る人（石原……注）が自分の所に来て、唯一言『お前がどうしても死ぬというのなら俺も一緒に死ぬ』といって去っていった。（略）結局、私は思い止まった。私を思い止まらせたものは『友情』というより他に云い方がない」。

鹿野武一は一九五三（昭和二十八）年十一月三十日、石原吉郎とおなじ船（興安丸）で帰国した。二人は船内で顔を合わせていない。だから一言も交わしていない。帰国わずか一年三カ月後の一九五五年、心臓マヒで死去。

三十七歳だった。

▼第八章

寂滅　あるいは歌

みずからを律する〈かたち〉

石原吉郎の生が終わる。「極度の存在不安」に脅えていた少年、詩に熱中した少年、貧窮のなかで一人黙々とルターの注解を読みつづける姿を理想とした少年、はるかロシアの奥地の密林のなかの河のほとりで、無言のままじっとうずくまっていた「少年」の生が終わる。

一九七七（昭和五十二）年十一月十四日がその日である。入浴中の急性心不全と推定されている。翌日、連絡がつかずに訪ねてきた女性の詩友に発見された。夫人は入院中だった。享年六十二。生前最後となった詩集は『北條』である。死の翌月には『足利』。翌年、詩集『満月をしも』と歌集『北鎌倉』が刊行された。

石原吉郎の晩年の詩は、日本的美意識の極致といわれ、あるいは美的形而上学とも形式美ともいわれる。

けれどもわたしの考えでは、石原の美意識はあくまでも「言葉」（文字）そのものに収斂している。「言葉」（文字）とは、いうまでもなく日本語であり、ありていにいえば漢字とかな遣いである。たとえば石原が「北鎌倉」といい、「足利」というとき、これらの言葉はいかなる事実も実体をも指示してはいない。

たしかに、石原の内部にある「北鎌倉」や「足利」のイメージがこれらの言葉を呼びこんだと考えられないわけではない。しかしむしろ逆なのだ。「北鎌倉」や「足利」という漢字の、垂直に立ちあがるイメージの美だけが、石原を、ある「Nowhere」に向けて遡行させていったのである。それだけが石原にとって唯一のことであり、いってしまえば、それだけであった（それゆえ石原の晩年の詩にある種の危険思想を嗅ぎつけるのは笑止である）。

美意識が言葉そのものに収斂していくその象徴的一例を、たとえば「礼節」という言葉への石原のこだわりかたにみることができる。「礼節」という詩は一九七二年に『ユリイカ』に発表されたが、二年後、その作品が収められた書名は『禮節』となる（「礼節」という表題詩はそのままである）。『石原吉郎全集Ⅰ』の校異によると、さらにその二年後、その『禮節』すらもが、『石原吉郎全詩集』収録に際して、「節」が「節」という旧字に改められて『禮節』とされた。

この「礼節」・「禮節」・「禮節」の変遷はなにを意味しているのか。硬質で確固としたなにものかへ向けてひたすらに凝縮しつくそうとする内部と均衡しうるように、言葉の身体を少しずつ研ぎあげ、一点の乱れも揺るがせにすることなく、ある完璧無比な〈かたち〉に向かって遡行してゆこうとする美意識である。それは言葉へむけて張りめぐらされた神経叢の意志というよりも、むしろ、その言葉が織りなす〈かたち〉の立ち姿への神経に憑かれているといってよい。むしろ問題なのは、内実を抜かれた言葉の〈かたち〉だけが石原吉郎に残され、言葉の身体も感情も、そしてなによりも生命がそこから消滅したことである。

＊

つぎに引用するのは「全盲」という作品であるが、詩中の「満月」という言葉はまさに完全無欠な〈かたち〉というイメージに対応している。この作品は構造的にも意識の流れかたにおいても「位置」という作品に酷似している。対比するために併載してみるが、空白行は構造の類似をきわだたせるためにわたしが空けたものであって他意はない。二作品ともに本来は一行の空白ももっていない。

全盲

いまは月明に
詫びるものもない

あるものはただかがやいて

位置

しずかな肩には
声だけがならぶのではない
声よりも近く
敵がならぶのだ

勇敢な　男たちが目指す位置は

みぎにもひだりにも
無防備の肩だ

かがやくことで
怒るための
前提はおよそ
不可蝕のまま

全身満月　全盲にして
立つ

その右でも　おそらく
そのひだりでもない

無防備の空がついに撓み
正午の弓となる位置で
君は呼吸し
かつ挨拶せよ

君の位置からの　それが
最もすぐれた姿勢である

構造や意識の流れかたの類似にもかかわらず、この対比だけで石原の意識の変貌は一目瞭然である。「位置」という作品がいかに優れた作品であるかが嫌でも了解されるだろう。同時に「全盲」という作品が、いかに衰弱した作品であるかがあからさまに了解されることだろう。「位置」が書かれたのは一九六一年、「全盲」が書かれたのは一九七二年である。

意識の緊迫度はいうに及ばず、テーマ自体も、かつて「敵」がならんだ「肩」は今や「無防備に」さらされ、かつての「無防備の空」は昂然とした「月明」にとってかわられ、かつて毅然として「呼吸」し「挨拶」する「姿勢」を目指した「位置」は、今や居直りとも見えかねない「全

身満月　全盲にして／立つ」ことに変わってしまった。石原の内部で「生命」が無視されている。いまや関係も関係性もないがしろにされ、一篇の詩はただ存在性の〈かたち〉だけで屹立しているだけだ。

「全身満月　全盲にして／立つ」ことが一篇のモチーフであることは疑いえないが、たとえ自身でその輝きを見ることはできないにしても、それはかならず「かがやいて」いなければならない。たとえ惨めな死であっても、ひとが死ぬ時「その一人の名前は呼ばれなければならない」。たとえそこが自分の「位置」であると自己確認できなくても、そこは確固とした自分の「位置」でなくてはならない。けれどそう言っただけではもはや耐えきれない地点に石原はいる。

　だがこの詩が重要なのは、「全盲にして／立つ」自分から、石原は「石原吉郎」という名前をみずから引き剝がし、その「全身満月」の姿を自分で見、なおかつ承認していることなのだ。石原はこの作品において初めて、喪失に見舞われた自分の存在性から「石原吉郎」という名前を引き剝がし、そして承認しえたのである。けれどそれでもなおその存在性が「全盲」であるほかないところに、依然として陶酔しきれぬナルシシズムへの自己懐疑がある。

「全身満月　全盲にして／立つ」という言葉が、その語調の強さに反して、ゆるぎない意志でも決意でもないことはだれの目にもあきらかなことだ。それは石原吉郎の最後の虚勢である。泣き笑いの顔をした石原吉郎の、「陸軍礼式令」に則った最後の敬礼である。

＊

もはやわたしたちはここに、「断念」することにも倦み果て、いっさいの相対化を拒絶しながらも、存在することの不可能は〈かたち〉としてでも実現されなければならないという、石原の祈りだけを読むほかはない。あれほどまでに固執された「位置」は、いまや内実を抜かれて凄絶な〈かたち〉だけが残った。

いまは死者がとむらうときだ／わるびれず死者におれたちが
とむらわれるときだ／とむらったつもりの
他界の水ぎわで／拝みうちにとむらわれる
それがおれたちの時代だ／だがなげくな
その逆縁の完璧において／目をあけたまま
つっ立ったまま／生きのびたおれたちの
それが礼節ではないか

（「礼節」）

〈かたち〉としてみるなら「時代」という世俗的な言葉が一点の破綻をもたらしているようにみえる。「全盲」と較べると、より洗練されてはいるものの、もしも美的感傷という態度を肯定的に受けとめるなら、この「礼節」は「全盲」に遠く及ばない。もちろんこの美的感傷を始末の悪い露骨なナルシシズムでしかないと断ずるなら、「全盲」一篇もまた詩としては頽落しているといわなければならないだろう。

だが、たとえば「礼儀」ではなく「礼節」という言葉が石原におちてきたとき（まあ、「礼儀」では詩にならないが）、一篇は一挙に〈かたち〉を獲得した。いうまでもなく「とむらったつもりの／他界の水ぎわで」という部分や「その逆縁の完璧において／目をあけたまま／つっ立ったまま」という部分がよくも悪しくも石原の石原らしさを誇示して、言葉の美意識が織りなす〈かたち〉を補強していると指摘することができる。

「全盲」の、「あるものはただかがやいて／みぎにもひだりにも」という部分と、「かがやくことで／怒るための／前提はおよそ／不可蝕のまま」といった修辞は、先に抽出した「礼節」の部分とそれぞれに呼応しあっている。たとえば、「生きのびたおれたちの／それが礼節ではないか」と「全身満月　全盲にして／立つ」という最終句は、むりやり押し出された断定と決意表明の調子において、まさに同一な意識の表出であると理解してもまちがいではない。それをただそれだけの〈かたち〉でしかない、といえば言えるし、それだけの〈かたち〉でも現在にあっては稀有なことなのだ、といえば言える。

『サンチョ・パンサの帰郷』と『水準原点』の詩人はこの『禮節』以後、『北條』『足利』『満月をしも』の三詩集と一冊の歌集『北鎌倉』を残した。もはや言葉に倫理を求めるのではなく、言葉それ自体が倫理と化すことという趣だけが石原の晩年の詩を貫いてゆく。

昂揚した言葉のヒロイズムから、その〈かたち〉を保持したままで、「昂揚」だけを静かにはずす。すなわち、そのあとに残された言葉の「寂滅したヒロイズム」こそが、石原吉郎にとっての言葉における最後の倫理にほかならなかった。だがその倫理はついに他者にとどかず、また他者にとどくことは最初から断念された。ただひたすらに自己と言葉だけが律されて、「Nowhere」とNobodyの時空間のなかで、ただ、ある〈かたち〉として屹立することという一事だけに、石原は拉し去られたのである。

「位置」といい「断念」といい「寂寥」といい「単独者」という。清水昶のいうように石原吉郎の愛する言葉は「カッコ」よすぎる。その言葉によって詠われた詩は配列と捩れとリズムと、さらにまた韜晦と断定の緊張において「カッコ」よすぎるのである。「姿勢」といい「沈黙」といい「失語」という。いうまでもなく、「礼節」「満月」「北條」「足利」「北鎌倉」という言葉のイメージに石原が魅かれたのも正確にその延長線上にある。

延長線上にあるばかりではない。そこからどんな意味も導きだされることのない言葉の倫理だけが詩一篇を牽引しているのである。例えば、愛するということが、あるなにかに〈してやられる〉ことであるなら、いわば石原はこれらの言葉に〈してやられた〉のだ。むろん〈してやられる〉ことにナルシシズムがなかったとはいえないだろう。だがそれに開き直って丸ごと肯定していたとも思われない。〈してやられる〉以外におれになにが残っているのか、と石原は思わなかっただろうか。

儀式としての自己欺瞞

石原吉郎が清水昶との対談でふたつのエピソードをあきらかにしている。

石原　（……）好きなのは北鎌倉で、本鎌倉のほうはきらいでほとんど行かないんですけどね。でも、そこをひとりで歩いていると何かそんな気（「鎌倉時代の女性とか、鎌倉武士とか」に遭遇する……注）になりますよ。この間、居合刀をぶら下げて鎌倉を歩いたことあった。

清水　居合刀？

石原　居合刀ってあるでしょ。刃をつぶした、白鞘の。あれを下げて歩いた。

もうひとつはこうである。

石原　ぼくは去年（一九七六年……注）病気してから、家へ帰って腹を二度切ったんです。

清水　えっ。

石原　二度切って二筋ありますよ。ところが左ほど深く切るね。右ほど浅くなる。

清水　そんなことあったんですか。

石原　見せてもいいけど。

清水　ちょっと見せてください。

（中略）

石原　（略）ぼくはずいぶん高い金を出して買ったけど、実に美しい切り出しがあるの。見ているうちに欲しくなって買ってきてね。その晩のうちに一腹切って、それから女房が再入院したときにまた切って、腹を切るまねですよ。まねをしてみたわけ。

（「自己空間への渇望」）

年譜の作成者によっても「奇行」と記されたように、これは普通ならそう受けとらざるをえない行為であろう。そのアナクロぶりと、なんでもないよと言いながらこれみよがしに公言してみるところに度し難いナルシシズムを嗅ぎつけて、人によっては虫唾(むしず)が走るほどの行為と映るかもしれない(注12)。

私が理想とする世界とは、すべての人が苦行者のように、重い憂愁と忍苦の表情を浮かべている世界である。それ以外の世界は、私にはゆるすことのできないものである。

(「一九五六年から一九五八年のノートから」)

この文章は以前にも一度引用したが、そのときわたしは、「けれども『理想とする世界』は同時に最も唾棄すべき世界でなければならない。帰還を遂げた存在性がもっとも理想的な存在性であったと同時に、もっとも許すことのできない存在性でなければならなかったようにである」と書いた。この「理想とする世界」を強制収容所に囚われた囚人石原吉郎の世界であるといったらはたして言いすぎだろうか。あるいは、ラーゲリの自由と生と死に匹敵しうる理念型としての「北鎌倉」と言ったら。

鎌倉武士にたいする転移と切腹の擬式という奇矯な行動は、まさに切実な滑稽とでもいうべきであろう。「重い憂愁と忍苦の表情を浮かべ」ながら、白鞘の模擬刀をぶらさげて北鎌倉を歩む「苦行者」としての石原吉郎。その石原がおのれを鎌倉武士に擬しながら「全身満月　全盲にして／立」っているのだ。はたして着物と草履姿だったのか。

「寂滅した存在のヒロイズム」が「言葉」の領域を無作法にも超えて、現実のなかで実際に演技化されるとき、事態は一挙にポンチ絵の様相を呈したといいたい一方で、そこまで石原を連れていったものが、ついに決定的にわからない。決定的にわからないままに、ただ石原がその切実な滑稽とでもいうべき理想世界に、もはや往きっきりになってしまったという痛切な魂の事実だけが落ちてくることをとどめることができない。それを「喪失」といおうと「欺瞞」といおうと、いかなる批評の言葉もみずからの内部を素通りさせておきながら、それでもたしかな事実はたしかな事実なのだという石原吉郎の最後の事実だけはわたしに落ちてくるのだ。

石原吉郎は、三島由紀夫の介錯をつけた自刃に嫌悪を隠さず、むしろ村上一郎の孤絶な自刃により多くの理解を示したという。白鞘の模擬刀をぶらさげて北鎌倉を歩む「苦行者」の石原吉郎とは、ラーゲリでの作業行進のときにみずからすすんで外側の列に並ぶことを果せなかった石原が、戦後日本で果している虜囚の姿だ。できることならだれかおれに斬りつけてくれないか。度をこした飲酒によって、ふと、列からよろけだしたおれをだれか撃ってくれないか。

だれが斬りつけるものか。だれが引き鉄をひくものか。ならば、と石原は恐る恐る切り出しで腹を引く。一度ならず二度までも。だがその切り出しに力をいれるものは、鎌倉武士でも監視兵でもない。存在論的不安にうち顫えるおなじ石原吉郎だ。万事は窮したのか。「重い憂愁と忍苦の表情」に充分に拮抗しうる言葉が、ほとんどその言葉だけが石原の詩に召還された。

（注12）一九七六年十月に夫人が精神科に入院した。十一月、ある催事場のロビーのソファで、石原は詩人の新藤涼子に、真新しい小刀を取り出して見せ、こういったという。「これね、死のうと思って買ったんだよ。今朝も、これで腹を切ったんだ」。新藤は「おなかなんか切る必要はありませんよ。死にたけりゃ、もっと楽な死に方を教えてあげるから、さ、その刀をよこしなさい」と取り上げた。このとき石原は公衆の面前で「ズボンの前をはだけ、下着をめくり、下腹部をさらけ出して、傷痕を見せたという。みみずばれ程度の薄い傷痕」だったらしい（多田茂治『内なるシベリヤ体験』）。

寂滅するヒロイズム

わたしは石原吉郎本人を見たこともなければその声を聞いたこともない。だが石原について書かれた文章から得たわたしの感じでは、石原と接触したひとはある違和感を表明することが少なくないという印象がある。講演の帰りに秋山駿が石原と電車に乗り合わせたときに、石原が不意にその場でノートに自分のサインを書いて秋山にくれたらしい。「これは、まったく孤独な心による滑稽な場面なのである」と秋山は石原の追悼文で書いている（『現代詩手帖』一九七八年二月号）。また石原は女流詩人たちにラブレターを乱発したともいわれているし、賞の獲得に拘泥したという揶揄もある（注13）。

吉本隆明は「北條」や「足利」といった石原の晩年詩の解釈の途中に、突然といったかたちでつぎのような痛烈な言葉を挿んでいる。

詩人は何に躓いたのだ？　ソ連の収容所に躓いたのだ。他者を徹底的に信じないこととじぶんを信じないことをソ連から学んできた。それでもなお生きたのはなぜなのだ。名声と世間的な地位を求めたのはどうしてなのだ？　それくらいにこだわらなくては生きてゆくとどめがなかった。またもともと風俗的であった。体験はどんな体験もそれを変えることはできなかった。残念なことにそれほど告白と自己凝視に習熟していなかった。

（『戦後詩史論』）

これを石原吉郎にたいする吉本隆明の批判的な同情とでも解すと、石原への肩入れが過ぎることになるだろうか。吉本は石原の本質的ななにかを生理的に見ぬいているようにみえる。少なくとも石原の存在の仕方にたいする根本的な違和があることだけは否定できないように思う。吉本が苛立つのは、石原は本質的には独我的な世俗性のくせに、ただ言葉の表層的な倫理でごまかしているだけではないか、ということだ。なにが北條だ、なにが鎌倉だ、嘘をつけ、という批判も、あるいはまた「それほど告白と自己凝視に習熟していなかった」という批判も、つきつめれば石原吉郎が憑かれた言葉の倫理にたいする根本的批判であるといってよい。

たしかに石原の言葉の倫理は独我的な世俗性と紙一重である。その独我的な世俗性が言葉のヒロイズムを志向させたといえなくもない。ただそれでも独我的な世俗性に石原が徹底できなかったのは、その世俗性をもってしても、ついに根源的な存在不安感（喪失感）に晒された〈ある自分〉への不信ということから石原が生涯脱けだせなかったからである。それを、最も徹底的な俗物が最も徹底的な聖性を目指したことの悲喜劇だったというべきか。

鮎川信夫は、「石原の美意識は相当なもの」で「強力な事実性をぶつけたときにだけ、わずかに毀たれるというくらいに堅牢にできている」と述べたあと、このように書いている。

> 彼は耐ええない自由をフルに活用して詩を書きつづけ、生涯の体験的なモチーフに折目節目をつけながら美的形而上学の援けを借りて『北條』『足利』へと昇天してしまった。（略）「足利」はわずか五行の散文詩だが、石原美学の極北を示しており、事実をぶつけたぐらいでなかなか毀れるものじゃない。単純な美的イメージの背後に（略）日本人の心性の最も不可思議なものがこめられていると言ってもよい。石原は石原なりに、詩を書くことで死に向かう準備をしていたのだ。それで、彼の収容所体験はどうなったか。『北條』や『足利』を書いたことで、収容所体験を「偽装された祝福（ブレッシング・イン・ディスガイズ）」に変えてしまったのだ。
> （『すこぶる愉快な絶望』傍点原文）

ちなみにここで鮎川がこだわっている「強力な事実性」とは、この文章に先立つ二年前に行われた鮎川と吉本の対談での、吉本の発言を受けたものだと推測することができる。

その対談から吉本の発言をふたつ取り出してみる。

> ……この人のイメージのなかに理想像としてあるのは、スーッと音もなくすり足であるく格調をもったサムライの姿みたいなのと、和服をきちっと着こなした中年のお茶のお手前でもす

るような女、そういうひっそりとした姿ですよね。でもぼくはみんなウソだって気がする。リアリティがないと思うんですよ。

……サムライといったってそんなサムライいるわけがないんです。初期のサムライだけですよ。（略）石原さんが考えている徳川時代のサムライなんかにそんなのがいるわけがないんです。

（鮎川信夫・吉本隆明『詩の読解』）

前者の発言に対して鮎川は、「そりゃそうです。もちろん全部ウソっていえば詩なんてあんまりのめりこめば必ずそうなっちゃう」ときり返して、両者はすれちがっている。

吉本がいっているのは、それゆえ石原の美意識はそれ自体が「ウソ」ではないかということであるのにたいして、鮎川は「ウソ」でもほんとうでも、ひとたび抱かれた石原の美意識はその「ウソ」を衝いてくる一般的事実を前にしたぐらいでは「なかなか毀れるものじゃない」といっているのである。たとえ「強力な事実性をぶつけたとき」でも「わずかに毀たれる」だけだ、と。

いってみれば吉本隆明は、石原吉郎の詩を原則的にもっとも遠くへ引っ張って、その基点から延長線までのすべてが論理的（リアル）ではないといっているのに反し、鮎川は美意識（詩）は美意識（詩）の範疇のなかでは必ずしも論理的であることはできないしまたその必要もない、「どんなに惨めな状態であっても、空間的にはテコでも動かぬ〈屹立性〉」（『すこぶる愉快な絶望』）がそこに承認されればよいのだ、といっている。

石原吉郎の晩年の詩に関するかぎり、わたしは鮎川信夫の認識を妥当だと考えている。吉本隆明のいうように、たしかに石原吉郎の詩は「Nowhere」とNobodyというありえぬ時空を指し示してはいる。だが、それにもかかわらず重要だと思われることは、石原が詩のなかでその現実的にはありえぬ「Nowhere」へ遡行しようとし、そこでNobody　を生きようとしたことなのだ。あれほどまでに拘泥した「石原吉郎」という存在を石原はほとんど放棄したのである。

けれども、その遡行する方位が、北であるか、あるいは過去であるかはもはやどうでもよいことだ。鮎川のいう「空間的にはテコでも動かぬ〈屹立性〉」とは、石原吉郎に即していえば、かつて喪われたSomewhereとSomebody（どこかに存在した何者かである自分）への拮抗性のことなのである。

（注13）けれども石原の狂態は歴史が古い。ハルピンの通信情報隊にいたとき、石原は日頃は穏やかだが、一定の酒量をこえると、「急に素っ裸になり、手ぬぐいでねじりハチマキをして部屋をとびだし、廊下の鳶口をつかみ、狙いをつけた仲間の部屋をがんがん叩」いて、相手を怒鳴り散らすという大騒ぎを演じた、という。半ば名物化していたらしい。（前出多田茂治『石原吉郎「昭和」の旅』）

＊

その鮎川信夫をして「石原美学の極北」と言わしめた「足利」。

足利の里をよぎり　いちまいの傘が空をわたった　渡るべくもなく空の紺青を渡り　会釈のような影をまるく地へおとした　ひとびとはかたみに足をとどめ　大路の土がそのひとところだけ　まるく潰れていくさまを　ひっそりとながめつづけた

子どもの頃、なにかの古い時代劇で見たことのあるような光景を彷彿とさせる。なんの音響をともなうこともなく、無音のなかでスローモーションのようにいちまいの傘が蒼空に翻る。「足利の里」をよぎり「大路」へと渡る。傘のうえから俯瞰された視線に地面に落とされた影が映る。ひとびとは黙したままに一度眩しく傘を見あげ、そののち地面のぼんやりとした丸い影に目を転じる。すでに傘は視野から過ぎ去った。俯瞰した視線が影に見入るひとびとをとらえたまま徐々に遠のいてゆく。ひとりふたりが中腰の姿勢のままにもう一度こちらを見あげる。

無理にでもこじつけないかぎり、ここにはもはやナルシシズムもヒロイズムもセンチメントもみられない。言葉の力もない。言葉の感情もなければ、言葉の身体もない。ただ言葉が持つ表層的な美しさだけが、すなわち石原吉郎がイメージする言葉の寂滅した〈かたち〉の美しさだけが書かれようとしている。それを「寂滅したヒロイズム」といってよいか。

今生の水面を垂りて相逢わず藤は他界を逆向きて立つ

鍔鳴りのありてや刀は鞘に入る鍔鳴りなくばすべり入るのみ

（『北鎌倉』）

意味は完璧に抜きさられている。だからなんなのだ、といわれたら、そのひと言で瓦解してしまいそうな〈かたち〉の美しさだ。

いわれを問われるはよい。問われるままに　こたえる都であったから。笠をぬぎ　膝へ伏せて答えた。重ねて北條と。かどごとに笠を伏せ　南北に大路をくぐりぬけた。都と姓名の　そのいわれを問われるままに。

（「北條」）

あすはそれでもというのが　約束の終りであったと思う。果されることで約束は終る。私は空へ　あるいは土へ。そして私は果した。それゆえそれは終ったと　そののちいくたびか思いかえした。約束のあてどなさに似ずはるかに重い距離へ　へだたるだけのしずかな会釈をおしもどしながら　不意に兵士の挙手へ　私は眞向かった。列車は動かずに　ホームばかりがすみやかに遠ざかった。私の答礼のままに。
そのときもいまも　動かぬ車窓へ向けて私はすさりつづける。陸軍礼式令。その定める挙手のままに。

（「挙手」）

正直にいうと、わたしはここに引用した句と詩をけっして嫌いではない。もっとはっきりいうと、好きである（注14）。にもかかわらず、石原のほんとうの声は、どうしてもつぎのような詩のなかにあるという気がしてならないのである。〈かたち〉に堕ちるはるか以前、寂寥に顔をしかめる一九六一年の石原吉郎だ。

はげしい目で
うしろ手にわたしたものは
誰が拒んでも
たしかにわたしたのだ
さようならよ
監獄のような諧謔とともに
またしても俺にだけは
容赦のない日本（にっぽん）の夏よ

（「夏を惜しむうた」抜粋）

たしかに「さようならよ」という石原の声なら、幾度聞いたかわからない。しかし、「はげしい目で／うしろ手にわたしたもの」がなんであるかを、石原吉郎はついに明かさなかった。それがいったいなんだったのか、わたしは語る言葉をほんとうは知らない。

（注14）吉本隆明は石原吉郎の内向する単独性やウソくさい美意識は批判したが、詩じたい（とくに晩期の）は評価している。『戦後詩史論』のなかで「この詩人の晩年の詩は独りよがりの言語的な跳躍に、ある〈匂ひ〉を乗せたために優れたものだった」と書き、その後べつの文章のなかでもこの詩「北條」を称賛している。「石原吉郎の晩期の作品である『北條』や『足利』を含む一連の詩篇を読んで驚かされた」「ここに挙げた『北條』は好きな作品だった。旅姿のような軽装の粗末な衣裳の武士（さむらい）が片膝をついた姿勢で『礼（れい）』をしているイメージだけが鮮明に浮ぶ。あとは何のことかさっぱりわからない。だがこれは優れた詩だ」（文藝春秋編『わたしの詩歌』文春新書）。

　ちなみに吉本の甥が図書館に勤めていて、その甥が石原吉郎に講座の講師を頼んだところ、「叔父さんの悪口ばかり言っていたぜと面白がっていた」ということである（同書）。わたしは笑った。いい話だ。

書き出しの美学——〈かたち〉への凝縮

石原吉郎の読者の多くは詩ではなく散文から入った、といわれる。わたしもその例に洩れない。すでに記したようにわたしは『望郷と海』から入り、恥を晒すようだが、それまで石原が詩人であることを知らなかった。知らないどころではない。石原吉郎という存在さえ知らなかったのである。そして正直にいうなら、石原はわたしにとって今でも『望郷と海』のひとである。

詩は随分遅くわたしにやってきた。「石原さんの詩っていうのはカッコいいんですよね。つらいようでいながらカッコいいところがあって……」(『現代詩読本石原吉郎』)といったのは清水昶だが、それはたぶん石原の言葉にたいするセンチメントとヒロイズムに関わっている。わたしはそのセンチメントとヒロイズムをできるかぎり石原のシベリア体験に還元しないように、また体験から帰納してこないように、もっぱら言葉の美の〈形〉として読んだ。

*

『石原吉郎全集』の第一巻『全詩集』には、四十一の未刊詩篇を含めて三八四篇の詩が収録されている。
石原吉郎の詩を読んで気づくことは形式ということである〈むしろもっと簡潔に〈形〉と、それも平仮名で、〈かたち〉といったほうがよいかもしれない〉。それは書き出しの形式であり、展開の形式であり、終りかたの形式である。べつの意味でいえば、語法の形式であり、反復の形式であり、重畳の形式である。

この形式を詩の「書き出し」部分からできるかぎり類型化して抽出してみる。「書き出し」の形式をとりあげる理由は、書き出しの一行ないしは数行に、石原吉郎の詩への撓（たわ）められた力が最も凝集していると考えられるからである。

「書き出し」の形式とは詩への入射角のことにほかならないが、仔細にみてゆくならその角度にいくつかの共通する定型がみられる。入射する直前で直角に曲がって入ってくるもの、入射した直後に方向を変えているもの、停止するもの、別の角度にはじき返されるもの、そのどれもが石原独自の語法をともなってほとんど独特である。

むろんどの定型に帰属させるべきか、その「書き出し」判定に微妙なものがあるのは当然で、その場合はわたしの恣意的判断によっている。また、たとえばラグビーの試合で、反則プレイで即座に試合を中断せずに、敵方にアドバンテージを認めてある程度プレイを続行させたのちに、反則適用の採否を決定するのに似て、そこまで見てみればなるほどひとつの定型に該当するとはいうものの、そのアドバンテージをはたして「書き出し」とみなすことができるのかどうか、という問題がある。

一例をあげてみると、「棒をのんだ話」という作品はこのような「書き出し」で始まっている。

うえからまっすぐ／おしこまれて／とんとん背なかを／たたかれたあとで／行ってしまえと／いうことだろうが／それでおしまいだと／おもうものか

おそらく、詩が導入されていった一等最初の時間なり空間の角度だけを「書き出し」部と見るなら、ただ単純に「うえからまっすぐ／おしこまれて」という部分までを「書き出し」部と見なさざるをえない。それで十分なはずだ。だが、ひとつの意味の流れが終るまでを「書き出し」と見るなら、この詩の「書き出し」は引用したところまでひっぱってこなければならない。そしてこの場合、〈否認〉による「書き出し」ということになる。

たぶん石原吉郎の意識においては、この詩の真の「書き出し」部は「それでおしまいだと／おもうものか」というところにあったと思われる。実際そう書きはじめられておかしくはなかったが、そこまで切迫したモチーフではなかったということなのか、手綱は緩められている。いずれにしてもわたしは、この詩のような屈折した二重の「書き出し」の場合は以下のどの定型にも帰属させていない。

以下、それぞれの定型を煩雑を厭わずに逐一書き写すことにする。ことの性格上ひとつの「書き出し」部が数種の定型に属していることもあるが、重複を構わずその定型ごとに書きだしてみる。石原吉郎の詩を読むのに、こんなただの力技の作業にどんな意味があるのか知らない。たぶん意味はないだろう。石原の詩をほんとうにはわからないわたしの言い訳か、せめてなんらかの試みをしてみたいという悪あがきのような気もする。ご笑覧いただきたい。

「――ではない」という否定辞で代表される〈否定・否認〉による書き出し

「しずかな肩には／声だけがならぶのでない」（「位置」）。「なんという駅を出発して来たのか／もう誰もおぼえていない」（「葬式列車」）。「霧のある夜がとりわけて／自由だとはいわぬ」（「霧と町」）。「酒がのみたい夜は／酒だけでない」（「酒がのみたい夜」）。「私が安否を問うのは／安否を問う町への／道のりのゆえではない」（「安否」）。「生涯というものではなかった」（「生涯・1」）。「窓がくらいとは／いいませんでした」（「自由というもの」）。「花と迷妄の果てに浮く月は／きみの論理で沈むのではない」（「月が沈む」）。「うそではない」（「しりもち」）。「霧をぬけて行く精神より／ふさわしいものをおれは知らぬ」（「霧と精神」）。「懲罰は　われらに／固有なものではない」（「懲罰論」）。「まことその朝には継承というものがなかった」（「神話」）。「いまは月明に／詫びるものもない」（「全盲」）。「一期にして／ついに会わず」（「一期」）。「野いちごは／ついに野にはない」（「野いちご」）。「瞬時にそのざまとなったのでない」（「前提」）。「その日はひとつのものであふれたが　受けとめる義務／はなかった」（「義務・2」）。「寂寥へ到る途は／かならずしもくらいものではない」（「寂寥」）。「おれの理由は／おれには見えぬ」（「理由」）。「私は私に耐えない」（「置き去り」）。「いわれなく座に／耐えることではない」（「控え」）。「私がさびしいのは／私がさびしいのではない」（「私がさびしいのは」）。二十二篇。

これらはとりつく島のない否定というよりも、冷たい炎のように静かな否定である。現実をその場で明確に否定するのではなく、記憶と追憶のなかでのいわば想像上の否定のようにみえる。いいかえるなら非在なものの否定だ。

だがいずれにせよ、いきなりの否定ないしは否認によって詩に入っていくとき、否定によってしか関わることのできない石原の、獲得している（もしくは喪失している）世界性の特質が表面化していると考えられる。書き出される以前の世界はできるかぎり肯定され受諾されようとしているにちがいないのだが、一行が書き出される寸前に、見えない「だが」や「しかし」や「けれども」や「にもかかわらず」によってひっくりかえされ、一行の開始とともに一挙に自在性が顕わになっている。世界を承認することは自己の喪失不安に繋がるとでもいうように。

「――とき」という、ある一瞬、時刻、時日、時期、季節、すなわち時間意識をさし示すことによる書き出し

「そのとき　銃声がきこえ」（「脱走」）。「そのとき君は斧の刃に／もたれていた」（「コーカサスの商業」）。「ヤンカ・ヨジェフが死んだ日に」（「ヤンカ・ヨジェフの朝」）。「酒がのみたい夜は」（「酒がのみたい夜」）。「もはや夕暮れでないと気づいたとき」（「夜盗」）。「おれにむかってしずかなとき」（「しずかな敵」）。「この日がうずくとき」（「ひとつの傷へ向けて」）。「その日実感として」（「シベリアのけもの」）。「その夜　消息は」（「琴」）。「つまりそのころ」（「そのころのはなし」）。「一九四五年三月九日」（「Frau　kommt」）。「一九五〇年十月十五日」（「一九五〇年十月十五日」）。「ある日蒼ざめた」（「錐」）。「ある日　木があいさつした」（「木のあいさつ」）。「秋立つ日」（「銃声」）。「夜明けは　首のない／皇后の首飾りだ」（「皇后の首飾りだ」）。「その村をふいにはずれるとき」（「ゼチェ」）。「死ぬときは起こす」（「うなじ・もの」）。「しずかな夜が」（「帽子のための鎮魂歌」）。「その顔はいま」（「眉を考える顔」）。「ある朝　まぶしい街角で」（「街で」）。「この日　馬は／蹄鉄を終る」（「断念」）。「いまは死者がとむらうときだ」（「礼節」）。「まことその朝には継承というものがなかった」（「神話」）。「そのとき私は」（「食事・2」）。「世界がほろびる日に」（「世界がほろびる日に」）。「彼が館へかえるとき」（「道」）。「いまは　すべての悔いが海となるときだ」（「悔い」）。「門！　と呼ぶとき」（「門」）。「ある夜はそれはたたみであった」（「三昧」）。「その日たぶん」（「世界より巨きなもの」）。「重大なものが終るとき」（「はじまる」）。「重大な責任をとった／というときに」（「黄金分割」）。「夜」（「夜」）。「隠蔽するものの皆無なとき」（「死角」）。「その日はひとつのものであふれたが」（「義務・2」）。「飯椀をとりあげたとき」（「膝・3」）。「楡が輝く夜は」（「楡と頬」）。「その陽が沈むとき」（「飛沫」）。「ある日おんなは」（「たて結び」）。三十九篇。

これもまた、明確な日時を指し示すふたつの書き出し部を例外として、現実のある特定の一瞬、一日、時間であるよりも、ある不分明な時間に凝縮されてゆく意識、あるいはその凝縮された時間が一瞬にして弾ける意識だけが示されているようにみえる。その不分明な時間は、おそらく現実的な時間から導かれているものだが、現実性が脱色されているぶんだけ観念的な拡がりをもっている。その時間にむかってある満たされない意識が集結していくことだけが石原にとって重要なことだった。

「——は——だ」という言い切り、〈断定〉による書き出し

入射してきたものの一時的な停止状態あるいは立ちきりであるといってよい。その地点でもう一回自分の姿勢を立て直そうとするかのような、あるいは自分の位置をもう一度確認しなおそうとするかのような。

「わかったな　それが／納得したということだ」(「納得」)。「そこにあるものは／そこにそうして／あるものだ」(「事実」)。「憎むとは　待つことだ」(「待つ」)。「打ったのは／おれの義手だ」(「義手」)。「正確に名づけよう　それは／いっぽんの筈を走る／ひとすじの火だ」(「定義」)。「悲しみはかたい物質だ」(「物質」)。「フェルナンデスと／呼ぶのはただしい」(「フェルナンデス」)。「愛することは／海をわたることだ」(「海をわたる」)。「方向があるということは新しい風景のなかに即座に旧／い風景を見いだすということだ」(「方向」)。「沈黙は詩へわたす／橋のながさだ」(「橋・1」)。「夜明けは　首のない／皇后の首飾りだ」(「皇后の首飾り」)。「落日はいずれのけぞる」(「区切る」)。「こういってもいいのだ／ここに橋があった　と」(「橋があった話」)。「詩がおれを書きすてる日が／かならずある」(「詩が」)。「いまは死者がとむらうときだ」(「礼節」)。「風がながれるのは／輪郭をのぞむからだ」(「名称」)。「おれの背後は膨大なものだ」(「義務・1」)。「やさしさはおとずれ

るものだ」(「やさしさ」)。「かかげても／それは櫛だ」(「上弦」)。「あからんで行くことで／りんごの位置を／ただしくきめるのは／音楽だ」(「音楽」)。「痛みはその生に固有なものである」(「痛み」)。「いまは　すべての悔いが海となるときだ」(「悔い」)。「夜明け　とおれがよぶのは／わずかに傾いた肩の／その果ての／安堵のような／ひとかげりのことだ」(「夜明けと肩」)。「ある夜はそれはたたみであった」(「三昧」)。「私はちがうのだ若い人よ」(「若い人よ」)。「それも訂正が／要る」(「訂正」)。「勇敢なものほど／よくあおざめることができる」(「あおざめる」)。「肉体がなぞる輪郭より生命はたしかにひとまわりだけ／大きい」(「輪郭」)。「哀愁はあきらかな／ひとつの意志である」(「哀愁　2」)。「いきなり収穫がある／ということは／手続きをとばして／結論がまずあると／いうことだ」(「収穫」)。三十篇。

この断定の主語が、たとえば「それ」であり、「そこにあるもの」であり、「憎む」ことであり、「悲しみ」であり、「愛すること」であり、「沈黙」であり、「夜明け」であり、「落日」であり、「詩」であり、「風」であり、あるいは「おれの背後」であったりすることは、石原にとって断定されるべき対象がどこにあるかを正確に語っている。「風がながれるのは／輪郭をのぞむからだ」というときの「風」も「輪郭」もけっして暗喩ではない。そのまま素直に受けとめられることが望まれている。主語と述語の断定をめぐる屈折のイメージだけが重要なのであって、その断定じたいが正しいか否かということはまったく問題にならない。

最初に触れた〈否定〉の書き出しはこの〈断定〉の裏側に位置しているが、いうまでもなく〈否定〉は〈否定の断定〉という形式において〈断定〉と同じ位相にある。ベクトルが逆なだけだ。言い切ることによって石原が獲得するのは詩のかたちである。つまり自分という存在性のかたちである。〈断定〉の一鞭によって詩を屹立させることだけが唯一のことであって、なにを否定しなにを断定するのかというところからは、石原はなにものをも獲得していない。言い切ることによって位置は決まらず、自己も屹立しはしない。そのことがまたつぎなる〈断定〉を執拗に誘うことになる。

「おれ／私」という一人称単数による書き出し

屹立しない自己はいまだに「おれ」と「私」という、時間も空間もたがえている二重性を生きている。しかしそのことよりも、この書き出しの特徴的なことは、描き始められる以前の世界を持っていないということである。文字どおりここから詩が始まっていると見なすことができる。一、二の例外を除けば、詩の線形はそこから水平に伸びている。

「おれが忘れて来た男は」(「耳鳴りのうた」)。「おれが聞いているのは」(「岬と木がらし」)。「おれにむかってしずかなとき」(「しずかな敵」)。「私が安否を問うのは」(「安否」)。「おれは　今日」(「いちまいの上衣のうた」)。「おれが好きだというだけの町で」(「本郷肴町」)。「私が確かなとき」(「犬を射つ敵」)。「私へかくまった」(「像を移す」)。「おれよりも泣きたいやつが」(「泣きたいやつ」)。「おれは満月をえらぶ」(「満月」)。「おれの背後は膨大なものだ」(「義務・1」)。「私を楯と呼ぶな」(「板」)。

「私が立つこの位置は」(「和解」)。「私はちがうのだ若い人よ」(「若い人よ」)。「私がなぞり捨てる感覚とは」(「衰弱へ」)。「私が疲れるのは」(「私の自由において」)。「私が生きることにおいて」(「寝がえり・2」)。「おれの理由は」(「理由」)。「私は私に耐えない」(「置き去り」)。「おれひとりで呼吸する」(「呼吸」)。「われやはらかき」(「裸火」)。「私がさびしいのは」(「私がさびしいのは」)。二十二篇。

一人称複数による書き出しは少ない。石原が共同性を徹底的に信用しなかった意識の現れと見てよいのかもしれない。四篇。

「ぼくらは　高原から」(「風と結婚式」)。「われらのうちを」(「馬と暴動」)。「われらは頬ひげをぴんとのばし」(「古い近衛兵」)。「おれたちは二列半」(「二列半の敗走」)。

これに**二人称・三人称主格による書き出し**をくわえてみる。

「デメトリアーデは死んだが」(「デメトリアーデは死んだが」)。「君らを見つめる眼の数は」(「その日の使徒たち」)。「ヤンカ・ヨジェフが死んだ日に」(「ヤンカ・ヨジェフの朝」)。「アリフは町へ行くんだぞ」(「アリフは町へ行ってこい」)。「きみは花のような霧が」(「伝説」)。「男子が継承するこの荒廃は」(「埋葬式」)。「馬に乗る男の地平線を」(「馬に乗る男の地平線」)。「きみはわが六月」(「六月のうた」)。「カリノフスキイは」(「カリノフスキイははたらいたか」)。「きみの右手が」(「背後」)。「フェルナンデスと」(「フェルナンデス」)。「女のみぎの肩をこえて」(「落魄」)。「レギオン　これが馬か」(「レギオン」)。「きみは馬を信じなくては／いけない」(「時間・1」)。「きみに信仰の体系があるように」(「信仰と貿易」)。「彼が館へかえるとき」(「道」)。「電車にのりおくれた天使は」(「電車にのりおくれた天使」)。「男はいった」(「風・2」)。「勇敢なものほど」(「あおざめる」)。「水に入るひとの決意を」(「入水」)。「あなたがねむるために」(「あなたがねむるために」)。「彼女の生きる時間は」(「詩人」)。「きみはきみの顔を見たことがあるか」(「顔」)。「人はその疲労の軽さにおいて」(「疲労」)。「人はいくたび〈幸福〉を味わねば」(「幸福」)。「誰にもひとつはある」(「死病」)。「法衣を着た俗衆は言ふ」(「時代」)。「ある日おんなは」(「たて結び」)。二十八篇。

人称による「書き出し」じたいにはなんら特筆すべきものはない。ほとんどこの一行だけでは角度が一向に定まっていない。

これに較べると数こそ少ないが、つぎの「書き出し」のほうが注目に値する。

接続詞による〈持続〉の書き出し。四篇。

「だがついに彼は出て行った」(「ドア」)。「それから　クラリモンド/僕らはいっしょにつまづいたね」(「クラリモンド」)。「または飢えることにおいて/獲得する重量が」(「重量・2」)。「それも訂正が/要る」(「訂正」)。四篇。

詩が始まったところで角度は急に屈折するか、そのままの入射角をなぞるか、一度ずれるかのちがいはあるものの、いずれにしても〈否定・否認〉による書き出しに較べて、詩に入ってくるまえの世界がより鮮明に示されているように思われる。

疑問あるいは反語による書き出し

「なんという駅を出発して来たのか」（「葬式列車」）。「ヤンカ・ヨジェフが死んだ日に／なぜ燭台を買ったろう」（「ヤンカ・ヨジェフの朝」）。「かなしみだろうか　それは」（「くしゃみと町」）。「駝鳥のような足が／あるいて行く夕暮れがさびしくないか」（「夜がやって来る」）。「いつ行きついたのか」（「絶壁より」）。「ならべて置くだけでいいか」（「夏を惜しむうた」）。「そうすぐかんたんに／お化けが出るものか」（「お化けが出るとき」）。「信じているか　すぐに／落日を終った落日の生涯を」（「落日」）。「うしろ姿を見られたものは／うしろ姿で／なだめるほかないのか」（「うしろ姿」）。「しずかな夜が／しずかなままではいけないか」（「帽子のための鎮魂歌」）。「レギオン　これが馬か」（「レギオン」）。「信仰は陽光へ透く私の掌の紅さなのか」（「色彩・1」）。「朝がうねるという伝説をこののち私は訪ねるだろう／か。」（「朝」）。「責めてどうなるか」（「残り火・2」）。「よろこびは　いかなる日にあったたか」（「構造」）。「万緑のなかをしもあゆむに耐えたのは　いかなる朝を／証に置いてなのか」（「一條」）。「門！　と呼ぶとき／それは門を保証するか」（「門」）。「風は凍るだろうか」（「風・1」）。「言葉はめぐりあうものだろうかたずねあうものだろう／か」（「月明り」）。「水に入るひとの決意を／想ってもみただろうか」（「入水」）。「桶をあつかう／職人はいないのか」（「桶」）。「きみはきみの顔を見たことがあるか」（「顔」）。「なにゆえにひとは／それを片馬と呼ぶのか」（「片馬」）。「ひとはいくたび〈幸福〉を味わねば／ならないだろう」（「幸福」）。「〈恥らい〉が含む〈恥〉を／

想ってもみただろうか」（「逡巡」）。「くさめ　くさめ／くさめはなんの／かなしみか」（「くさめ」）。二十六篇。

〈命令〉あるいは〈禁止〉による書き出し

「アリフは町へ行くんだぞ」（「アリフは町へ行ってこい」）。「自転車にのるクラリモンドよ／目をつぶれ」（「自転車にのるクラリモンド」）。「いっぽんのその麦を／すべて過酷な日のための／その証しとしなさい」（「麦」）。「瓜よ　その／呼吸の高さに立て」（「瓜よ」）。「この世のものおとへ／耳をかたむけよ」（「審判」）。「死んだというその事実から／不用意に重量を／取り除くな」（「オズワルドの葬儀」）。「ごむの長ぐつをはいたやつを／一大隊ほどもかき集めて／一列にならべて／こういうのだ」（「ごむの長ぐつ」）。「そのひとところだけ／ふみ消しておけ」（「残り火・1」）。「私へかくまった／しずかな像は／かくまったかたちで／わずかにみぎへ移せ」（「像を移す」）。「あの夕焼けをくずしておとせ」（「真鍮の柱」）。「笛は　ふたつに／折ってみるものだ」（「ひざ」）。「きょうは柔和なものの／なかへ素足で立て」（「しずかな日に」）。「たとえば空間を吊りおろして未知の深みをたしかめる／ものが測錘とよばれるならわしなら慣習の知恵にはした／がうのだ」（「測錘」）。「ユーカリにかたらせよ」（「ユーカリ」）。「ねむれ／任意に出発するな」（「空腹な夜の子守歌」）。「おとすな／膝は悲しみの受け皿ではない」（「受け皿」）。「かえりゆけ　昨日の時刻へ」（「帰郷・1」）。「風よ／風のすがたでやすめ」（「風よ」）。「斧の／ひと振りよりとおくへ／敵を想定するな」（「支配」）。「私を楯とよぶな」（「板」）。「世界がほろびる日に／かぜをひくな」（「世界がほろびる日に」）。「死者と呼んではいけない」（「生きなさい」）。二十二篇。

「――でなければならぬ」という当為

「ワカレネバナラナカッタ　オレハ」（「サヨウナラトイウタメニ」）。「その指をうしなった指輪は／つぎにうしなうものを／きめなければならぬ」（「指輪」）。「花であることでしか／拮抗できない外部というものが／なければならぬ」（「花であること」）。「すべて食事には／証人を立てねばならぬ」（「食事・1」）。「どのように踏みこたえたか／それを知らねばならぬ」（「海嘯」）。「きみは馬を信じなくては／いけない」（「時間・1」）。「その町は訓練して／やさしくさせなければいけない」（「帰郷・2」）。「夜／まして夜は健康でなければならぬ」（「夜」）。「哀愁は明らかな／一つの意志とならねばならぬ」（「哀愁・1」）。九篇。

名詞止めによる書き出し

「火つけ」（「その朝サマルカンドでは」）。「火をつけた　おれ」（「ゆうやけぐるみのうた」）。「そこからが膝であるく土地」（「土地」）。「この街の栄光の出口」（「卑怯者のマーチ」）。「そこが河口」（「河」）。「装束は水」（「切り火」）。「きみはわが六月」（「六月のうた」）。「秋立つ日」（「銃声」）。「それから　クラリモンド」（「クラリモンド」）。「風は三日の燭」（「牢獄から」）。「夜」（「夜」）。「水とは名ばかりの不在」（「なぎさ」）。十二篇。

だがすべての書き出しの定型のなかで、もっとも重要だと思われる定型は、場面・状況・事実の提示・措定・言表によるものである。それも一文あるいは一行のなかに一息で言い切ってしまう措定と、数行にわたって緩い息で述べられる措定とがある。いずれももっとも石原吉郎らしい「書き出し」であると言っていい。

一文あるいは一行による書き出し

「条件を出す」（「条件」）。「かなしみだろうか　それは」（「くしゃみと町」）。「いつ行きついたのか」（「絶壁より」）。「生涯というものではなかった」（「生涯・1」）。「寝がえりはどこから打つ」（「寝がえり・1」）。「かなしいかな月明なのだ」（「月明」）。「朝は一条の姓名となる」（「姓名」）。「死ぬときは起こす」（「うなじ・もの」）。「落日はいずれのけぞる」（「区切る」）。「はじめに柱になる」（「花になるまで」）。「おれは満月をえらぶ」（「満月」）。「いまは死者がとむらうときだ」（「礼節」）。「祈るにまかせた」（「地」）。「その生涯の含みを果てた」（「しずかなもの」）。「いわれを問われるはよい」（「北條」）。「掩わずしてすでに目を溢れた」（「流涕」）。「都はそののちもあった」（「都」）。「ある夜それはたたみであった」（「三昧」）。「おのおのうなずきあった」（「相対」）。「順番は正確に来た」（「歯ぎしり」）。「それほどにも私はのぞんだのだ」（「僧形」）。二十一篇。

数行に分かち書きされてはいるが、ほとんど一息による書き出し

「打ったのは／おれの義手だ」（「義手」）。「終りからひとつ手前を／削ぎ落とす」（「竹の槍」）。「沈

黙は詩へわたす／橋のながさだ」（「橋・1」）。「非礼であると承知のまま／地に直立した／一本の幹だ」（「非礼」）。「みなもとにあって　水は／まさにそのかたちに集約する」（「水準原点」）。「その戒名を／恥じるまでになった」（「戒名」）。「その顔はいま／その眉を考えている」（「眉を考える顔」）。「この日　馬は／蹄鉄を終る」（「断念」）。「いまは月明に／詫びるものもない」（「全盲」）。「かかげても／それは櫛だ」（「上弦」）。「かりにそうでもと／いうひとところで／ふみちがえた」（「正統」）。「北の大路へ折られ／折られぬいて風は立った」（「風と花」）。「満月をしも／成就というであろう」（「成就」）。「しずかなものを／おさえかねた」（「うしろめたさ」）。「いわれなく座に／耐えることではない」（「控え」）。「おれにむかってしずかなとき／しずかな中間へ何が立ちあがるのだ」（「しずかな敵」）。「私が確かなとき／敵はそれよりも／さらに確かであるだろう」（「犬を射つ敵」）。「私へかくまった／しずかな像は／かくまったかたちで／わずかにみぎへ移せ」（「像を移す」）。「森がおれをめぐっても／おそらくは解決にならぬ」（「契約」）。「殺到する荒野が／おれへ行きづまる日のために」（「詩が」）。二十篇。

ただこれらを定型であるといってしまうと、少しちがうような気がする。むしろ定型は綻(ほころ)び、その一行ないし数行はそれだけで完結しているといってもよいくらいだ。角度は捩(ねじ)られている。抽象は具体に渡され、具体は抽象によって受け止められる。いや、抽象が反転するとき具体へと変貌し、あるいはその具体が反転するとき抽象へと変貌しているというべきか。

以上が定型化された「書き出し」のすべてである。

これらの否定・時間・接続・疑問・主語・命令・禁止・当為といった様々な「書き出し」の形式は、たんに「書き出し」だけにみられる特徴ではなく、詩の本体（身体）のいたるところに畳み込まれている。これら一つ一つの形式にそれぞれの意味がなくはない。だがたとえば、否定にしろ時間にしろ断定にしろ接続にしろ疑問にしろ、その個々の形式の意味が大切なのではなく、それらをすべて包み込んでいる〈かたち〉のほうが重要なのだ。じつは一息ふた息による場面・状況・事実の提示・推定・言表といった形式は、たんなる一形式にとどまらず、その〈かたち〉を示唆するものである。

石原吉郎の詩において「書き出し」とは、そこから詩が始まる、といった意味を一つも持ってはいない。持続された思念が一瞬にして弾けた、その瞬点の磁場の紋様（形式）をさしているだけにすぎないからである。だから本来からいえば、それが詩の終結部であってもけっしておかしくはない。また、いきなりの核心から始まるといった意味では、それがすでに展開部であるのかもしれない。一篇一篇の作品にあたってみるとわかるが、これら「書き出し」の定型は、おおむねそのまま展開部にも終結部にも該当するのである。

いうまでもないことだが、全三八四篇のすべてがこれらの定型のどれかに残らず該当しているわけではない。だが残された詩の大半もその弾けかたの強弱にちがいこそあれ、定型化された紋様のいずれかに必ず類似しているといっていい。息の長さだけがちがっているだけである。

どれでもよい。任意に引いてみる。

「薔薇のように傷あとが／耳たぶのうしろで匂っている／そんな男に会っては／いけないか」（「最後の敵」）。「いっぽんのたばこを／風とわかち／いっぽんの靴ひもを／風とむすぶとき」（「風と」）。「かがやいて　まずしく／なんじと／なんじの十二人」（「残党の街」）。「半月は南へ円環を閉じ／北へしずかな弦を張った」（「北冥」）。「動物園なぞ／さびしいよな」（「動物園」）。「よろこびはいかなる日にあったか。あるいは苦しみが。」（「構造」）。「昼ならば　横たわるであろう　夜ならば歩み出すであろう」（「日没」）。

＊

つぎに引用するのは「書き出し」ではない。**「右・左」への固執**である。

「なんという駅を出発して来たのか／もう誰もおぼえていない／ただ　いつも右側は真昼で／左側は真夜中のふしぎな国を」（「葬式列車」）。「右手をまわしても／左手をまわしても」（「五月のわかれ」）。「みぎをむいても／ひだりをむいても」（「慟哭と芋の葉」）。「きみの右手が／おれのひだりを打つとき／おれの右手は／きみのひだり手をつかむ」（「背後」）。「その右側の葬列のため／ひたすらに　その／ひだりがある」（「右側の葬列」）。「ここでわかれることに／する／みぎへ行くにせよ／ひだりへ行くにせよ」（「死んだ男へ」）。「寝がえりはどこから打つ／部厚いその肩の／ひだりからか／右からか」（「寝がえり・1」）。「観念としてととのえる肋骨は／右へ十二　ひだりへ十二」

（「残党の街」）。「影が左右にあるかぎりは／かなしいかな／月明なのだ」（「月明」）。「左右を明確に／とりちがえた／寸分たがわぬ風景は」（「風景」）。「夜明けよ　左のほっぺた／日ぐれよ　みぎのほっぺた」（「雑踏よ」）。

「――するまま」という言いまわしへの固執

「銃座は僕に　そのときから／据えられたままなのだ」（「狙撃者」）。「こうしておれは／つっ立ったままだ」（「棒をのんだ話」）。「花へおしかぶさる重みを／花のかたちのまま／おしかえす」（「花であること」）。「未来は永劫／かたむけるままだ」（「いちまいの上衣のうた」）。「忘れるとも　忘れぬとも／およそうけこたえの／ないままに」（「屋根・1」）。「自由は一枚の護符のように／一枚の壁へ張りついたままだ」（「まないた」）。「信じられぬという言い分を／言い分のまま断ちおとす」（「縄」）。「空を南へかたむけて／水尾の行く手へ／たわんだまま」（「海をわたる」）。「だがやさしく／しずかに／といわれたまま」（「墓・1」）。「はじまらぬものが／はじまらぬままでは／いけないか」（「帽子のための鎮魂歌」）。「落日はいつかのけぞる／あつい吐息のかたちのまま」（「区切る」）。「絵皿のような薔薇の花は／空の一画にひらいたままだ」（「今日という日のうた」）。「今日が明日へ／そのままつながるなら」（「凶器」）。「花になって／そのまま忘れてやる」（「花になるまで」）。「荘重に　とのねがいにより　素足はそのままに　素足と伝えられた」（「素足」）。「教訓のままかがやいている／五月のひろごりの」（「手紙」）。「疲れたままを　もういちど浸すだろうか」（「朝」）。「乾草をたばね　引鉄をおろし　その姿勢のまま」（「神話」）。「うす紙のような薄明に／怖いすがたでふりむかれたままの」（「橋・2」）。「その構造において　構造をそのままに」（「構造」）。「前提はおよそ不可蝕のまま」（「全盲」）。「問われるままに　こたえる都であったから」（「北條」）。「そのままに　いちどは／死に場所へ向かった」（「さくら」）。「水は常住の水として／そのままに都をめぐって」（「常住」）。「都と／もういちど呼ばれるままに」（「都」）。「陸軍礼式令。その定める挙手のままに」（「挙手」）。

自分で勝手にはじめておいて、こういうのもなんだが、およそきりがない。しかもこれだけではない。その気になりさえすれば、畳みこみ、畳みかける重畳と反復の語法も、加速するリズムを一気に冷却する語法も、あるいは論理の切断による語法も、いくらでも例証することができる。そしてこれらをそれぞれに形式（定型）とみなせば、石原吉郎の詩は、形式（定型）の集合体であったといいたいくらいである。

しかしくりかえしになるが、「右・左」への固執や「――するまま」への固執はそれ自体が重要なわけではない。なるほど、たとえば「――するまま」への固執にはそれだけで尋常ではないほどの偏愛が示されていよう。そこに秩序や現実そのものの自然的な受容や、時間を宙吊りにした態度未決定というような意味を読みこむことも不可能ではないし、石原の存在性がそれに対応していないわけでもない。

だが、「問われるままに　こたえる都であったから」や「陸軍礼式令。その定める挙手のままに」といった言葉そのものの〈かたち〉のほうがもっと重要なことはいうまでもない。「右・左」への固執や「――するまま」への固執を〈関係化〉と見なすなら、言葉の〈かたち〉とは石原吉郎という存在性の〈関係性〉そのものである。

＊

「書き出し」の美学のほかに、石原の詩をより石原的に屹立させる効果を生みだしているのは、かれが偏愛する修飾語の多用である。試みにその偏愛度ベスト・テンを、全三八四篇の詩に登場する頻度によって一位から順番にあげてみると、およそつぎのようになる。なお付記した頻出回数のカウントに多少の誤差があるかもしれないことをあらかじめ断っておく。ただし、順位自体が変更されるほどの誤差はないはずである。

①「さらに」43回、②「ついに」37回、③「まま（に）」26回、④「しずかに（な）」・「たとえば」25回、⑤「ふいに（不意に）」・「はるかに（な）」21回、⑥「もはや」20回、⑦「すでに」・「たしかに（な）」・「とおく（い）」18回、⑧は「およそ」の15回である。

ベストテンといっておきながら、8位で終了である。というのも以下はバラバラだからである。ちなみに⑨⑩の幕内クラスには、「やさしい」、「さいごに（の）」、「ひっそりと」、「たぶん」、「やがて」といった面々が各々10回前後で並んでいる。

この順位をみてみると、一位の「さらに」と二位の「ついに」の東西横綱はまず順当なところだと思われるが、⑦「もはや」⑧「すでに」の順位は予想外である。とりわけ石原の散文には頻出する印象のある「ほとんど」が、わずか五回で十両クラスというのは番狂わせを思わせる。石原は、この語の使用によって詩が緩慢に流れることを嫌い、意識的に排除したと考えるべきなのかもしれない。

予想外といえば、「しずかに（な）」の大関、「はるかに（な）」の関脇、「たしかに（な）」・「とおく（い）」の小結は、盲点を衝かれた感じがする。副詞としては結構ありふれた普通の言葉を石原は多用していたのだ、という意外な思いに今更ながらに接するのだが、しかし考えてみると、「静かな」、「遙かな」、「確かな」、「遠い」といった言葉が喚起するイメージは、石原吉郎の辿った生そのものの内在にたしかに重なってはいたのだ、というとってつけたような納得がおちてこないわけでもない。

だが頻出度だけを唯一の評価基準にして面白がっていると誤ることになる。わずか数回しか用いられていなくても逸することのできない石原語があるからである。

「まぎれもない」、「あからさまに」、「きっぱりと」、「かさねて」、「のけざまに」、「ゆえのない」、「いささかも」、「ひたすらに」といった、頻度からいえばふんどしかつぎクラスの副詞群は、前述の偏愛語群にたいしてむしろ石原の寵愛語とでもいうべきなのか、その技能において関取クラスに一歩も引けをとってはいない。ことに「のけざまに」などは、そのあまりに凡庸で面白みのない①「さらに」②「ついに」などに較べると、ひときわ異彩を放っているというべきであろう。

これらの副詞と前述の諸形式の「異化結合」によって、石原吉郎の詩は光彩を放っている。否定や時間や断定や接続や疑問などの形式それじたいに意味を読み込むことはもちろんまちがいではない。だが過剰な意味をそこから引きだしてくることはあきらかにまちがっている。断定する中身が大切なのではなく、断定という形式が大切なのだ。そしてさらに大切なことは、この形式と形式の「異化結合」なのだ。

たしかに石原にはある種特定の単独のことばじたいにたいする嗜好が強い。寂寥、失語、肩、姿勢、単独、海、森、垂直、倫理、位置、斧、薄明、荒廃……。けれども石原の言葉にたいする美意識は、これらの言葉と言葉、一行と一行、形式と形式のあいだの「異化結合」された〈かたち〉にある、といいきってよい。

*

そのとき　銃声がきこえ／日まわりはふりかえって／われらを見た／ふりあげた鈍器の下のような／不敵な静寂のなかで／あまりにも唐突に／世界が深くなったのだ／見たものは　見たといえ／われらがうずくまる／まぎれもないそのあいだから／火のような足あとが南へ奔り／力つきたところに／すでに他の男が立っている／あざやかな悔恨のような／ザバイカルの八月の砂地／爪先のめりの郷愁は／待伏せたように薙ぎたおされ／沈黙はいきなり／向きあわせた僧院のようだ／われらは一瞬腰を浮かせ／われらは一瞬顔を伏せる／射ちおとされたのはウクライナの夢か／コーカサスの賭か（後略）

（「脱走」）

この詩は、実際には、収容所から脱走しようとした若いロシア人が監視兵によって射殺されたという事実に基づいている。石原はそれを目撃したのである。むろん、この詩からもそのような事実は予感されうるが、その事実を知らずに、詩として読むとどうなるか。

ある不分明な時間から詩がはじまり、音と映像が一瞬にしてその時間を弾き飛ばす。時間がもうひとつその下の時間のなかに静まりかえる。「見たものは　見たといえ」というあからさまな承認によって、時間が、過ぎ去った時間をもう一度加速するようになぞりはじめるのと同時に、飛散していた時間がふたたび収束して始動しはじめる。二つの交錯する時間が一致したところでもう一度時間が停止する。

「あざやかな悔恨のような」という一行と、「爪先のめりの郷愁は」という一行が停止した時間をそのままで反転させ、さらにもう一度反転させている。時間は世界から自分のところにやっと戻ってくる。しかし、「射ちおとされたのはウクライナの夢か／コーカサスの賭か」というところで、石原は詩のナルシスティックな時間を露骨に呼び込んでいる。それが石原にとって、どうしても手放すことのできなかった言葉のヒロイズムだ。

書き出し部だけでは〈かたち〉がさだまらず、息をつめながら「コーカサスの賭か」までを書きつぐことによって、はじめてこの詩は〈かたち〉を獲得することができている。言葉を矢継ぎばやに畳みこみ、そのことによって時間をつぎつぎに重層させて詩のリズムを加速させてゆく詩法も、石原の言葉のヒロイズムにとって快感となっている。

こうりょうと風に鳴りながら／片足で一族は立ちつづけた／掌で壁をあたためては／片

足づつ世代を入れかえた／幕となって杭をめぐり／終結すれば　すべて／正面をさえぎられた／ひとつの枕と／ひとつの牢獄と／すべて継承に耐えぬものを／継承すべく継承して／砥石を割り／息をころし／一人の直径へ集約して／森よりもさらに森であり／襲撃よりもさらに襲撃であり／燃えおちては／防衛の燠となって／笛の音のごときものを／曳きながら／僧侶のように／乾燥しつづけた

（「直系」）

銀に／ある重量をゆるすとき／銀ははげしく／ひとつの意志となる／ひとつの意志となった重量は／さらに重量を／うばわねばならぬ／銀が重さであることに／重さがひとつの／意志であることに／なんの錯誤も／ないのであれば／なんの躊躇も／ないのであれば

（「重量・1」）

もはやそこからいっさいの意味も思想性も抜かれて、ひたすらに〈かたち〉と言葉のヒロイズムだけに詩が追いつめられていったとき、右に引いた「直系」「重量・1」を祖形とする『北鎌倉』や『北條』の世界が現出した。

「ひとつの机と／ひとつの牢獄と」や「森よりもさらに森であり／襲撃よりもさらに襲撃であり」という部分には〈かたち〉への酔いが感じられる。この酔いは、わたしには心地がいい。あるいはまた、「なんの錯誤も／ないのであれば／なんの躊躇も／ないのであれば」という部分にはまだ、たとえば、「ないのであれば」という言いまわしへの語感的な固執と、反復することにおける卑俗な快楽への意識が残留している。

だが、そこではもはや、「射ちおとされたのはウクライナの夢か／コーカサスの賭か」というような高揚した言葉のヒロイズムは見られない。言葉が寂滅しているのである。

あとがき

まさかこの原稿が本になるとは思わなかった。そのまま埋没し、消失してしまうことがこの原稿の宿命だったのだと思えば、感慨もひとしおである。

本書はわたしが一番最初に書いた原稿である。かっこよくいえば〝幻の処女作〟ということになるのだろうが、純文学の大家じゃあるまいし、そんなものは〝幻〟のままにしとけよ、といわれかねず、まあただの〝処女作〟である。こんな二十数年も前に書いた老婆然とした原稿をいまさら出版するにはいささか気が引けるが、わたし個人としてはしあわせなことだ。

これをいつ書き始めたか、もうはっきりとは憶えていない。「まえがき」でもふれたように、たぶん四十代半ばくらいだったと思う（本文中に一九九〇年の新聞からの引用があるから、四十三くらいか）。もちろん、発表のあてなどなんにもなかった。そんなつもりもなかった。とにかくこの原稿だけは書き上げたいと思った。虚仮（こけ）の一念である（吉本隆明論を書きたいと思ったのは、このあとのことだ）。

書き終えてみると、自分のためだけに書いたはずなのに、小鼻が動いた。友人たちに、読んでみて、と渡した。人情とはいえ、虚栄心だ。また厄介なものを書きやがったな、と思ったのだろう。一人が、おれたちじゃわからんから外の世界に出したらどうだ、といった。わたしは本で見知った編集者の小川哲生氏に原稿を送った。半年後くらいに氏から電話があり、おもしろいけど十年遅い、といわれた。たしかに。そのときすでに、石原吉郎は過去の人だったのだ。

その後の詳しい経緯は省くが、この原稿がきっかけとなって、わたしは、そのあとに書いた中島みゆき論が、小川哲生氏の手によって、本（『中島みゆき・あらかじめ喪われた愛』）になるという幸運に恵まれた。たしかに「幸運」というほかはない。これが中島みゆきではなくて松任谷由実だったら本にしなかった、と小川さんにいわれたのだから。

最初に書いた原稿は第一子のように可愛いものだ、とか、本にならない原稿は親を見失った迷子みたいなものだ、といわれる。わたしにはとくにそういった意識はなかったが、それでもやはり気にはなっていたのだと思う。

その頃だったか、すこしあとだったか、開高健賞というものがあるのを知った。わたしは、この石原論はどんなものだろう、相手にしてもらえるかな、とたいした期待もなしに原稿を送った。そんなことも忘れていたころ、事務局（?）の方から、最終選考三篇に残ったので、至急電子データを送れとの連絡が入ったのである。

自分は暗い、といいながら、けっこうお調子者で軽薄なわたしは頭に乗り、賞金の三〇〇万円（だったと思う）はもらったな、と舞い上がったが、あっけなく落選（つまり、そのままなんの連絡もなし）。受賞したのは、いまでも忘れないが、永井義男氏の「算学奇人伝」である（調べてみると一九九七年だ）。しかし、わたしはとりあえず最終選考まで残ったことで、そんなにひどい代物でもないのだなと、気分は悪くなかった。

そうそう、思い出した。その後、新聞広告によくある、「あなたの本を出版しませんか」という出版社にも送ったのだった。とくに意識しなかったといいながら、けっこう必死だったんじゃないか。返ってきた評価は「B」。つまり優れた原稿なので、出版費用を折半しませんか、ということだった（「A」は全額その会社持ち、「C」は全部自分持ちだ）。わたしは、ばかいっちゃいかん、おたくの手口は全部「B」なんだろ、と思い、即座にお断りした。そしてそれっきり、ついにわたしはこの原稿をあきらめた。

その後、どういう風の吹きまわしか、この原稿は、『飢餓陣営』という雑誌を主宰している佐藤幹夫氏の要請で、二〇〇〇年八月からほぼ十年間（21号から35号まで）の長きにわたって同誌上に掲載された。少しは陽の目をみたわけで、ありがたいことだった。連載が終了した時点で、わたしは、いつになるかわからないが、いずれ資金ができたら、私家版で十部くらい作って、ごく少数の親しい人たちに渡すことができればいいな、くらいに思っていた。

ところが今回、降って沸いたように言視舎から出版のお話をいただいた。またもや小川哲生氏がとりもってくれたのだが、まったく思いがけないことだった。石原さん、ついにだよ、と思い、お願いすることにした。こんなことは読者にはなんの関係もないことだが、この原稿の漂流が終わることは、なんだかほっとした気持ちである。

今回、全編を読み直してみた。当時、文芸批評の文体にいかれていた影響で、いかにも堅い文章である（章題のつけかたは、あきらかに蓮實重彦の影響が如実だ）。用語も堅すぎる。しかも生煮えだ。おまけにあまりにも観念的すぎる。これを機会に、すこしでも読みやすくなるようにと、できるかぎりの加筆と修正をした。ただし、書いた当時の文章の雰囲気も大体はそのまま残すようにした。それもまた、かつてわたしが愛した自分の半身だと思うからである。本書を読まれる方には心からお礼を申し上げたい。

多田茂治『内なるシベリヤ抑留体験——石原吉郎・鹿野武一・菅季治の戦後史』（社会思想社）、同『石原吉郎「昭和」の旅』（作品社）、落合東朗『石原吉郎のシベリア』（論創社）、畑谷史代『シベリア抑留とは何だったのか——詩人・石原吉郎のみちのり』（岩波ジュニア新書）、そして澤地久枝『昭和・遠い日近いひと』（文春文庫）には、石原吉郎と鹿野武一の事実に関して多くのことを教わった。自分では指一本動かさずに、それらの労作の成果だけをちゃっかり利用するようで心苦しかったが、「注」のかたちで引用させていただいた。お礼を申し上げる。

最後に、言視舎の杉山尚次氏、編集を担当していただいた小川哲生氏、『飢餓陣営』の佐藤幹夫氏に感謝申し上げる。と同時に、このような原稿を本にするなど、商業的には厳しいどころか、このご時勢に無茶なことをなさる、と申し訳ない思いで一杯でもある。装丁は菊地信義さんが手がけてくださるとのこと。この上ない光栄である。

二〇一三（平成二十五）年四月

勢古浩爾

勢古浩爾（せこ・こうじ）
評論家。1947 年大分県生まれ。明治大学政治経済学部卒。1988 年、第7回毎日 21 世紀賞受賞。著書『中島みゆき・あらかじめ喪われた愛』（宝島社）『まれにみるバカ』『白洲次郎的』（いずれも洋泉社・新書ｙ）『大和よ武蔵よ』（洋泉社）『最後の吉本隆明』（ちくま選書）『不孝者の父母考』（三五館）ほか、多数。

編集協力………小川哲生
DTP制作………勝澤節子

石原吉郎——寂滅の人
飢餓陣営叢書 4

発行日❖2013 年 6 月 30 日　初版第 1 刷

著者
勢古浩爾
発行者
杉山尚次
発行所
株式会社言視舎
東京都千代田区富士見 2-2-2 〒 102-0071
電話 03-3234-5997　FAX 03-3234-5957
http://www.s-pn.jp/
装丁
菊地信義
印刷・製本
㈱厚徳社

ISBN978-4-905369-62-2 C0395